○ 全 民 阅 读 · 经 典 小 丛 书 ○

蒙田美文

［法］蒙田⊙著　　冯慧娟⊙编

吉林出版集团股份有限公司

图书在版编目（CIP）数据

　　蒙田美文 /（法）蒙田著；冯慧娟编. —长春：
吉林出版集团股份有限公司，2015.6（2025.5重印）
　　（全民阅读.经典小丛书）
　　ISBN 978-7-5534-7803-6

　　Ⅰ.①蒙… Ⅱ.①蒙… ②冯… Ⅲ.①散文集–法国–
中世纪 Ⅳ.①I565.63

　　中国版本图书馆 CIP 数据核字 (2015) 第 128313 号

MENGTIAN MEI WEN

蒙田美文

［法］蒙田　著　冯慧娟　编

出版策划：崔文辉
选题策划：冯子龙
责任编辑：杨　蕊
排　　版：新华智品
出　　版：吉林出版集团股份有限公司
　　　　　（长春市福祉大路 5788 号，邮政编码：130118）
发　　行：吉林出版集团译文图书经营有限公司
　　　　　（http://shop34896900.taobao.com）
电　　话：总编办 0431-81629909　　营销部 0431-81629880 / 81629881
印　　刷：北京一鑫印务有限责任公司
开　　本：640mm × 940mm 1/16
印　　张：10
字　　数：130 千字
版　　次：2015 年 10 月第 1 版
印　　次：2025 年 5 月第 4 次印刷
书　　号：ISBN 978-7-5534-7803-6
定　　价：45.00 元

印装错误请与承印厂联系　电话：010-61424266

在16世纪的作家中，很少有人能像蒙田这样受到人们的崇敬和喜爱。《蒙田美文》从1580年开始在法国出版后，就再也没有绝版过。它与《培根人生论》《帕斯卡尔思想录》一起，被誉为欧洲近代哲理散文的三大经典。

蒙田是文艺复兴后期一位特立独行的人文主义者，是法国历史上伟大的散文家，有着"近代随笔之父"的美誉。他还是人类感情的敏锐的观察家，对西方文化有着深刻认识的学者，一个真正懂得什么叫生活、如何去生活的哲人。

蒙田精于随笔的撰写，开创了近代法国随笔式散文的先河。他的语言平易畅达、清新自然，文章写得活泼轻快、富有情趣。毛姆曾评价说："蒙田的随笔不管挑哪一篇来读，你都会觉得趣味盎然，他那种宜人的闲谈特点也发挥得比较充分，虽然这些文章的题目相对来说有点一本正经，但文章本身依然妙趣横生。"

前言

　　《蒙田美文》是蒙田的散文集，书中包罗万象，无所不谈，是当时各种知识和思潮的大集合。他以一个智者的目光，观察和思考大千世界的众生相，对许多人类共有的思想感情提出了自己独到的见解，引人共鸣、深思和反省，从而令《蒙田美文》有"生活的哲学"的美称。

　　自这本集子问世以来，无数人从中学到了如何修身与处世的道理，福楼拜就曾向心情抑郁的女友推荐说："读蒙田吧，他能使你平静。"

　　我们将这本《蒙田美文》推荐给读者，相信读者一定能从蒙田清新明快的笔调和睿智冷峻的剖析中获得阅读上的快感，同时得到一些有益的启迪。

致读者

　　这部书是坦白的，它开端便预告读者，我在这里除了叙述自己的家常琐事，并没有拟定什么目的。对于你的贡献和自己的荣誉我都没想到，这样的企图我的力量够不上。我的愿望只是把它留作我亲朋的慰藉：使他们在失去我的时候可以在这里找到我的性格和脾气留下的痕迹，因而会更恳挚更亲切地怀念我。

　　如果对世界的赞赏是我所希求的，我就会用心修饰自己，和世界相见时也要仔细打扮。我要人们通过这里看见我的平凡、质朴和恬淡的生活，无拘无束毫无造作，因为我自己就是我所描画的。在公共礼法所容许的范围内，我的弱点和本相，在这里面都会尽情披露。

　　假如我有幸生在那些据说还逍遥于大自然原始温甜自由的律法里的国度，要我把自己整个赤裸裸地描画出来，我保证我也会毫不踌躇。

　　所以，读者，这部书的题材就是我自己，断没有为一桩这么不值一提的事消磨你的时间的道理。再见吧。

蒙田

1587年3月1日

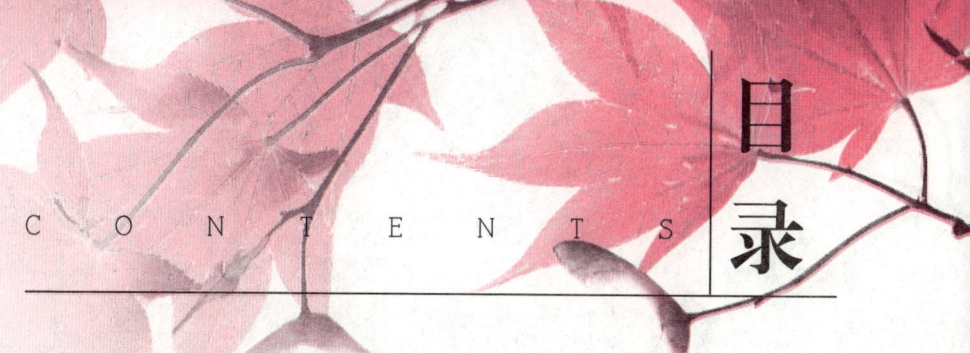

C O N T E N T S

目 录

目录

C O N T E N T S

论不同方法达到同样目的

　　当我们所冒犯的人把握着我们的生死权时，感化他们的心灵最通用的方法自然是投降，以引起他们的怜恤和悲悯。然而，与之相反的勇敢与刚毅，有时也可以取得同样的效果。

　　威尔斯亲王爱德华【（1330—1376），百年战争时英国的优秀将领】曾经长期统治纪耶纳【法国旧地区名】，具有显赫的地位和声誉。有一次，利摩日人深深冒犯了他。他以武力取其城，那些手无寸铁的人们号啕、跪拜、哀求，他都无动于衷。可是当他走到城中心，遥见三个法国绅士英勇无畏地同获胜之师奋战时，他那盛怒的锋芒立即被钦羡及尊敬挫败了。于是，因这三个勇敢的人，他赦免了全城的居民。

　　康拉德皇三世【（1093—1152），日耳曼皇帝（1138—1152在位）】包围巴威尔的格尔夫公爵后，无论人们对他表现怎样的鄙怯，提出怎样诱人的条件，他都不肯和解，只允许被同时围困的贵妇们出城，以保存她们的贞节。当被允许把能随身带走的东西全部带走时，她们一个个竟敢于把自己的丈夫、儿子甚至公爵本人驮在背上。康拉德皇被女性的伟大勇气感动得流泪，他对于公爵的刻骨仇恨也因此烟消云散，从那时起，他便开始仁慈地对待公爵及其子民了。

蒙田（1533—1592），法国文艺复兴后最重要的人文主义作家。

上述两种情形，无论是屈服，还是抵抗，都非常容易让我感动。因为面对不幸或悲壮，我的心向来会软到让人无法想象的地步。不过，在我看来，恻隐心比尊敬心更重要。然而，那些苦行派的哲人却把怜悯看作一种罪恶，他们要求我们救济苦难中的人，同时却不许我们给其同情和怜悯。

上面所举的那些例子都是极好的，因为我们从中可以看到那些经受软硬两种方式交替冲击和磨炼的灵魂，如何对于一种完全不为所动，却偏偏屈服于另一种。大概可以这样说：恻隐心是温柔、驯良和软弱的表现，像妇女、小孩更具这种倾向；那些看不起眼泪与乞求，让步给那勇敢神圣形象的，则是灵魂强健、不屈不挠的象征，他们只崇尚大丈夫的刚毅气概。

不过，惊奇与钦羡对于比较狭隘的灵魂亦可以产生同样的效力。试看底比斯【古希腊城邦，曾盛极一时，后被马其顿吞并】的人民：他们将到了规定任期而不卸任的将领提交重罪法庭审判。派洛皮达【（？—前362），古希腊底比斯统帅】屈服于人民的控告压力，并且企图通过祈求和哀诉救护自己，人民却很难宽恕他。反之，依巴密明达理直气壮地讲述他任内所建立的功绩，自信而高傲地责备百姓的忘恩负义，他们却不约而同地为之喝彩，并且在对这位将军英勇行为的高声颂扬声中自行散去。

老狄奥尼修斯【（约前410—前362），锡拉库萨君主（前405—前367在位），在位时曾征服西西里和意大利南部】经过了千辛万苦才夺得雷焦卡拉布里亚，并且俘虏了当时利用坚固堡垒来抗拒他的统帅菲图。他决意给他一个残酷的报复。首先他对菲图描述一天前怎样把后者的儿子及其所有亲戚溺死海中，菲图只回答说他们比自己早快活了一天。然后狄奥尼修斯又剥去菲图的衣裳，把他交与刽子手，凶残而卑鄙地拖他在全城游行，并且对他施以鞭打、谩骂等种种暴虐的欺侮。菲图并不畏惧，反而平静地高声提醒刽子手，他可贵而光荣的死是为了拒绝把他的乡土交予一个暴君之手，并诅咒他们会遭到神袛的惩罚。狄奥尼修斯从他的士兵眼中看出，他们并没有因为这位败将的顶撞而感到愤怒，相反，他们对这位稀世英雄感到惊讶而心软，整个队伍开始藐视他们的领袖及其胜利。他还预感到士兵反叛的可能性，他们差不多要将菲图从他的卫队手里救出来。于是狄奥尼修斯下令停止这场酷刑，暗中遣人将他溺死在海里。

　　想在人身上确立一个永恒与统一的意见实在不容易，因为人确实是一个反复无常的动物。庞培【（前106—前48），古罗马将军和政治家】大帝曾怀恨马墨提奥人，可是最终却因城内一个公民芝诺情愿独自承担全城的罪责而使全城获得了赦免。而独裁者施拉【古罗马独裁者】的食客为秘鲁城显出同样的忠勇，却于全城人没有任何好处。

　　更有与我先前所举的例子正好相反的：原是最勇敢同时对战败者又非常宽容的亚历山大【（前356—前323），马其顿国王，曾建亚历山大帝国】，经历了千难万险攻破加沙城后，碰上了守城将贝蒂斯。对于此人的英勇顽强，亚历山大在围城之际就曾亲见：这一战役中，他经历了可怕的挑战，在军队溃逃、武器寸断、满身鲜血淋漓的情况下，仍旧独自在马其顿人的重围中苦战。亚历山大为这场胜利付出的代价太高了——除各种损失外，他还身中两箭，他对他的敌人贝蒂斯说："贝蒂斯，你不会如愿而死的，你得要尝尽种种为俘虏而设的痛苦。"面对这威吓，对方只答以傲气与平静。面对他骄傲与不屈的缄默，亚历山大愤怒地说："你未曾屈膝吗？你未曾对任何人发出乞求的声音吗？无论如

亚历山大大帝是古代马其顿国王，也是世界古代史上著名的军事家和政治家，他促进了东西方文化的交流和经济的发展，对人类社会的进展产生了重大的影响。

何我都要打破你的缄默，即使我不能从你那里挖出一句话，至少也得要挖出一些呻吟。"于是，愤恨变成狂怒，他下令刺穿贝蒂斯的脚跟，将他拖在牛车后面，贝蒂斯被折磨得肢体不全。

是否他对勇敢习以为常，觉得没有什么可欣赏，因而不太看重了呢？还是他认为这本该是他与众不同的长处，所以看见别人达到同样的高度而心生妒恨与厌恶呢？还是他天生就容易暴躁，难容抗拒呢？

的确，如果他能抑止暴怒，我们相信他在夺取底比斯城时就已经会这样做了。他目睹许多完全丧失了自卫能力的勇士，一个个引颈自刎，在六千多人当中，竟无一人肯逃跑或乞怜，却在街上还击得胜的敌人，挑起决斗，希求光荣地死去。没有一个人因为受到重创而胆怯，他们在生命的最后一刻还进行着报复，绝望地拿起武器去找寻敌人以命抵命。然而，亚历山大的心并没有被这悲壮的惨剧软化，他那报复的狂渴不能被一整日的悠长消解。直至最后一滴可流的血流尽了，这场屠戮才停止，留下做奴隶的只是三万手无寸铁的老弱妇孺。

论悲哀

　　我是忧伤最少的人。尽管大家差不多都无异议地对此另眼相待，可我既不爱它，也不重视它。人们常给智慧、道德和良心穿上这件外衣——多奇怪而愚笨的装饰品！意大利人更是恰如其分地把"恶意"称之为伤感，因为那种品质永远是有害的、荒唐的。因此，斯多葛派【古希腊和罗马时期兴盛起来的一个哲学思想流派】把忧伤当作卑下与怯懦，不允许哲人怀有这种情感。

　　然而，据传记记载：埃及王普萨梅尼图斯被波斯王康比泽打败并俘虏后，看见被俘的女儿穿着婢女的服装去汲水，她从他面前经过，他的朋友全都不停地痛哭，他却双眼注视着地面一言不发；既而他也亲眼看见了他的儿子被拉上断头台，他仍无动于衷；可是一瞥见自己的一个仆人在俘虏群中被驱赶着前进，他就立刻捶打自己的头，显得十分悲痛。

　　我们可以将另一位亲王的遭遇与这个故事相提并论：他从特朗特获悉，他的长兄——家族的依靠和光荣，被害的消息，继而又得到他那全家第二希望的弟弟去世的噩耗，他都保持着惊人的镇静。但几天后，他反而因为一个仆人的死去而抑制不住痛哭。有人以此做论据，说他只有被这最后的苦难触痛。事实是：他内心已满是悲哀了，加进最轻微的分量亦可冲破他容忍的樊篱。这样的解释对于我们的第一个故事同样适用，如果我们不知道它的下文：据说康比泽问普萨梅尼图斯为什么无视亲生儿女的命运，却对他朋友的不幸表现强烈。他的回答是：起初两个是超出表现力量以上的，只有最后一个才能用眼泪发泄忧伤。

……

真的，当痛楚到极致时，我们的灵魂必然会仓皇失措，行动也会因此受到阻碍。正如骤然听到一个噩耗时，我们会惊得魂飞魄散、呆若木鸡，直至我们的悲痛化为眼泪、诉说或是呼号，灵魂才觉得轻松与自在，仿佛把自己排解及释放：

直至从悲哀中的声音冲出一条路。

——维吉尔【（前70—前19），古罗马诗人】

弗迪南【（1503—1564），先为波希米亚和匈牙利王，后为德国皇帝】国王与匈牙利王的遗孀在布达附近作战时，德军统帅雷萨利克亚看见一个骑士的尸首被人抬回。这个骑士在阵上显得异常勇武，统帅跟着大家为他扼腕哀叹。出于跟别人一样的好奇心，他想看看死者是谁。等到死者的盔甲被脱掉时，他发现那是他的儿子。众人恸哭，声震天地，他却不声不响地独自兀立着，定睛凝望着那尸首，直到他生命的血液被极度的悲哀冰冻，僵死而倒在地上。

火的热度如果说得出，这火必定极柔弱。

——裴特拉克【（1304—1374），意大利诗人】

人们以这样的词句来描摹恋爱中人的一种不可遏抑的激情：

维吉尔（前70—前19），古罗马奥古斯都时期最重要的诗人，其最著名的作品是史诗《埃涅阿斯纪》（一译《伊尼德》）。

丽思庇呵，爱情已勾走了我的心魂：

我才瞥见你，便惊慌得语不成声；

我舌头麻木，微火涌遍我全身；

我双耳什么也听不见，双眼也看不见光明。

——卡图卢斯【（约前87—约前54），古罗马抒情诗人】

并且，过度激烈和燃烧着的热情中，哀怨和欣悦之情并不适合抒发表露：那时候的灵魂已经被沉沉的思念拘禁起来，爱情也把身体推向颓唐和憔悴。所以，时时出现在情人身上的没有端由的晕眩，以及灼烧着的热烈，会在销魂之刻，浸入情人冰冷的躯体之中。所有让人寻味和悄然消融的情感都不过是平庸之激情。

小哀喋喋，大哀默默。

——塞涅卡【（约前4—65），古罗马哲学家、作家、政治家】

出乎意料的欢欣之情，让人为之惊讶的怡愉同样可以发挥让人不知所终的效能。

在渐渐走近的特洛伊人群中，她瞥见我的温热离开她的身；

她惊惶，木然而立，昏厥于地上，

良久缓缓找到属于她的原来的声音。

——维吉尔

罗马妇人因为看见儿子从甘纳路上归来喜出望外而死，索福克勒斯【（约前496—约前406），古希腊三大悲剧诗人之一】和暴君小狄奥尼修斯【（前367—前357），老狄奥尼修斯之子，曾任锡拉库萨国王（前346—前344在位）】都因乐极而死，瓦尔塔在科西嘉岛读着罗马参议院赐给他荣爵的喜报死去。除了这些之外，来昂十世教皇得知他所日夜悬望的米兰城被攻下的消息，惊喜若狂，发烧而丧命。如果人类的愚蠢要用一个比较尊贵的榜样来证明，那就是古人记载的哲学家奥狄多罗斯【（？—约前307），古希腊哲学家】的故事。他由于不能当众解答对手提出的难题，在他的学院里因羞耻以至发狂而死去。

我很少受到这种强烈情感的牵制。我的知觉生来迟钝；理性又让它一天一天凝固起来。

论灵魂缺乏真正对象时
把情感寄托在假定对象上

我们中的一位贵族患了严重的风湿病。医生劝他戒吃咸肉，他诙谐地回答说，他痛楚到极点的时候，要有可以寄托的东西，因此，每次他呼喝、咒骂咸味香肠、火腿或酱牛舌之后，就会顿感舒畅。

真的，每当我们举手击物不中或者落空的时候，常常感到疼痛。同样，想让我们视觉感到舒畅，我们需要找个距离相当的对象来支持它。

如风一样，若无森林作屏障，会消失在茫茫的空间。

——卢卡努【（39—65），古罗马诗人】

同样，动荡的灵魂如果没有指向目标，必定渐渐迷失自身，我们需要常常提供给它可以瞄准和用力的对象。普鲁塔克【（约46—119），古希腊哲学家、作家】谈及某些人对猴子或小狗的宠爱时说，这种习惯完全源于我们天性中爱恋的一部分。如果缺少正当的对象，人们宁可自己伪造一个低贱的，也不愿无所寄托。我们满是向往的灵魂与其无所事事以至恹恹生病，不如想象一个虚幻的对象以自欺，尽管它自己也明知不可靠。其他动物也会如此，兽类发狂时，会攻击那曾经伤害它们的石头或利器，用它们的利牙将全身的痛苦宣泄于石头利器之上。

> 帕诺尼的母熊被标枪击中，
>
> 于是变得更加凶猛，
>
> 不顾伤口向标枪发起进攻，
>
> 滚动着追逐躲闪的矛头。

——卢卡努

我们在遭遇不幸时想遍了所有理由，抱怨过所有东西——无论有没有道理，致使到处都成了我们的宣泄之地。事实上，并不是你所怒扯的金色头发，也不是你所捶打的雪白胸脯令你亲爱的兄弟饮弹而亡呀，找别的地方去发泄你的愤怒吧。

李维告诉我们，当罗马军队在西班牙痛失两个兄弟时，"他们一阵痛苦，不住地捶打他们的头颅。"这是再普遍不过的了。哲学家彼翁【（活动期为公元前1世纪），古希腊诗人】谈到在烦忧中乱扯自己头发的一位国王时，不无取笑地说："这个家伙是否以为秃头可以减除他的痛苦呢？"你是否也看见过一个人为泄输钱之恨，把纸牌嚼碎，或把一盒骰子吞下肚里呢？泽尔士一世【（约前519—前465），波斯帝国国王】鞭挞希腊赫勒斯滂【今达达尼尔海峡】的海水，把镣铐扔入水中，用种种侮辱诅咒它，又给阿托斯山【希腊圣山】写了一封挑战书。居鲁士【（前590—约前529），古波斯帝国建立者（约前558—前529在位）】令全军驻扎数日，以报复他渡日努斯河所受的惊恐。而卡利古拉【（12—41），罗马皇帝（37—41在位）】把整间豪宅摧毁，全因为母

罗马帝国皇帝奥古斯都雕像

亲曾被扣留于此。

　　我年轻的时候听过这样的传说：邻近一个国王因受到上帝的杖责，命令他的臣民十年内不得向上帝祷告，也不准谈论上帝，而且，在他所统治范围之内，臣民不得信仰上帝。这故事与其说是描写了这国王的愚蠢，不如说是描写了其妄自尊大。这两种毛病常混在一起，可是这样的行为出自骄傲的确多于出自愚蠢。

　　奥古斯都·恺撒【（前63—14），古罗马帝国第一代皇帝】皇帝因在海上受大风浪颠簸，决意要向海神尼普顿【罗马神话中的海神】挑战，在庆祝丝尔纯斯的游艺会中，他下令把尼普顿从诸神像中去掉，以此作为报复。还有比这更无可宽恕的：瓦鲁斯【（？—9），古罗马执政官、将军】将军战败于德国，他在狂怒与绝望中狂奔，还以头碰壁呼喊道："瓦鲁斯呵，还我的军队来！"这样的行为实在过于愚蠢。更有甚者，有些人迁怒于上帝或命运，仿佛它们有耳朵接受我们的诅咒似的。比如那些色雷斯人，每逢雷电天气，便带着巨大的仇恨向天空射箭，以为这样可以使上帝屈服。普鲁塔克作品中所征引的一个古诗人说得好：

　　切勿对命运生气，我们的愤恨它们一点儿也不理。

　　可是，对于我们自己精神上的错乱，我们骂得远远不够。

论闲逸

我们看到，如果是肥沃的旷地，必定长着千百种无用的野草。想好好利用它，必定先要把它清理及撒播上好的种子；心灵亦然，倘若没有一定的主意占据着它，把它约束起来，它必定无目标地到处漂流，坠落于幻想的空泛境域。

正如铜瓶里颤动着的水光，

映照着太阳或月亮的透明影像，

随处上升，随处飘荡，

飘荡到长空与天花板上。

——维吉尔

在这样不安的境况中无论怎样的幻梦与痴想都可能滋生。

他们虚构无数的妖魔，

盘旋于病者的噩梦。

——贺拉斯【（前65—前8），古罗马诗人】

没有确定的目标，灵魂就会迷失方向，俗语说得好，无所不在等于无所在，四处为家的人无处有家。

——马尔提阿利斯【（约40—104），古罗马诗人】

最近，我退隐在家中，决定尽可能地不理旁事，优游闲逸以度这短促的余生。让心灵在闲暇里善待自己，安居于它自己之中，似乎除了这样，我对心灵没有更大的恩惠。我希望它今后会毫无困难地这样下去，因为随着时间的推移，它已变得更坚强更成熟了。

闲逸使心灵飘忽。

——卢卡努

它就同无羁的马一般，幻想为自己跑比为别人跑得快百倍，于是便产生了无数的妖魔与怪物，无次序，无目的，一个个接踵而来。为了能够随时细察这种荒诞不经的行为，我已开始将它们一一笔录下来，希望日后用它们来羞辱它。

论说谎

　　没有人比我更不宜于谈记忆了。我不信世界上有谁比我的记忆力更糟，因为在我身上几乎找不着一点好记性的痕迹。在这一点上，我以为自己非凡而且稀有，值得因此享受一种声誉。相形之下，我的其他禀赋都显得庸碌平凡。

　　除了我所感受的天然的不便利之外（真的，柏拉图深感记忆的重要，很合理地称记忆为伟大而有力的女神），在我的家乡，如果想说一个人无意识的时候，人们就说他没有记性。因此，每逢我对人诉说我这一弱点的时候，他们除了笑话我之外就是感到无比的惊异，仿佛我在控告自己是疯子，在他们心目中，记忆就等同于智慧。

　　这样，我的情况变得更糟了。可是他们的确是对不起我，因为经验证明极好的记忆往往会配上一个低弱的判断力。他们对不起我的还有一点，那就是除了能做朋友之外我什么都不行，因此谴责我的弱点就无异于忘恩负义。因着我的记忆，他们对我的感情表示怀疑，把天然的缺憾当作人格上的弱点。他们说我忘记了这样那样的委托和承诺；说我一点都不想念朋友；说我想不起为了朋友要说点什么，或隐瞒什么。无疑的，我很健忘，但是因没有诚意而忽略朋友托我做的事，可不是我的本性。愿大家对我的不幸多加包涵，别把这不幸当作恶意，尤其是一种与我的脾性迥然相异的恶意！

不过，我也有我的慰藉。第一，由于这毛病帮我纠正了一个我很易犯的更坏的毛病——野心。因为对于一个事事要亲力亲为的人，记忆力不好实在是一个难堪的弱点。

自然界许多例子告诉我们：自然往往加强我们其他的禀赋以补救某一薄弱的禀赋。假如我始终相信别人独特的看法得益于好的记忆，那我就很容易像大多数人一般，懒懒散散地追寻别人的足迹。这时，我的理智与判断力就不能尽量发挥。

我的话较简短，因为记忆的货仓比创见的货仓更容易充塞着物品。假如我的记忆力好的话，我就会对我的朋友们喋喋不休而震破他们的耳鼓，因为我的好记性会被种种事物激发，以至我的言辞变得热烈而雄辩。那是多么悲哀！我亲眼见到几个朋友就是这样：他们的记忆原原本本地供给他们题材，他们把故事追溯得那么远，还附加许多无谓的枝节，如果这故事精彩，也会把它的好处全窒死了；如果不好呢，你就不知是该诅咒他们优秀的记忆，还是为他们可怜的判断力深表惋惜。一上了高谈阔论的大路之后，要停止是很难的事。

甚至在那些说话切题的人当中，有好些也是虽然想却不能在他们的高谈阔论中骤然止住。他们一边在脑袋里搜寻一个驻足点，一边却说个没完，就像一个快要晕倒的人拖沓着脚步。老头子尤其严重，他们还记着遥远的事，却忘记了他们已把这些事重复唠叨了无数遍。我发现有好多饶有趣味的故事在某爵士的口中变得讨厌起来，因为我们所有人都听过这些故事百次之多。

　　我为我短缺的记忆力感到安慰的第二个原因是，用一个古人的话来说：我容易忘记别人的侮辱。我需要一个当头棒喝，就像波斯皇帝大流士【（前550—前486），波斯帝国国王（前522—前486在位）】一般。为了记住他在雅典人那里所受的耻辱，每当吃饭时，他就让一个仆人在他耳边大喝三声："主呵，勿忘雅典人！"而另一方面呢，当我重游我去过的地方，重读我翻过的书卷，它们会以一种新鲜的颜色向我微笑。

波斯皇帝大流士一世自称"王中之王，诸国之王"，后人尊称他"铁血大帝"。他曾让人刻下了著名的《贝希斯敦铭文》为自己歌功颂德。

　　有人说，记忆不强的人切勿学人撒谎，这点说得十分有理。我知道那些语法学家把"说假"与"撒谎"分开：说假是说一件被说者信以为真的假事；至于"撒谎"这拉丁字（也就是我们这"法"字所由来）的定义，却是违背良心说话，因此只应用于那些说违心话的人，我谈的就是这种人。

　　这种人或连枝带叶地虚构整件事，或扭曲或粉饰那些原本有真实基础的事物。如果要他们常常复述一件事，那些被扭曲或粉饰的就会露马脚，因为那真实的事情先进入他们的记忆里，由概念与认识的媒介印在上面，自然而然地对我们的判断力显现出来，驱逐那立足没有那么稳固的虚伪；而三番四次地窃进脑海里的最先所听到的各种详细情形，也会消灭添上去的假冒而且模糊的枝节。

至于那些完全被捏造的，倘若没有相反的印象戳穿他们的虚伪，似乎就没有那么容易被识破了。但也不完全如此，因为那是一个无实质的虚体，假如扎根未牢，很快就会被记忆遗漏。关于这一点，我有许多有趣的经验可以说明，那些为了他们事业的利益而顺从大人的脸色措辞的人到头来总难免落得尴尬。因为他们想用以束缚他们的信义及良心的种种情景会不断变动，所以他们的话自然也要随时变换内容。于是同一桩事，他们今天说成灰色，明天说成黄色；在这些人面前这样说，在那些人面前又那样说。如果这些人偶然把他们所得的矛盾的消息合拢在一起，这巧妙的本领又会怎样帮他们收场呢？况且稍不在意，他们便自己打嘴巴；因为要记住每件事所捏造出的形式，得需要怎样的记性呀？我看到如今许多人都苦苦追求这种机巧的声誉，他们不知道即使得了声誉，也是徒有虚名。

说谎确实是一个可鄙的恶习。我们所以为人，人与人所以能和平相处，全仗语言。假如我们真的对说谎的危害和丑恶有充分的认识，我们就会用火来驱赶它，这比对付任何罪过都要合理。

大多数人往往在小孩子犯了无辜的小过时对他们做极无谓的惩罚，为了毫无印象和影响的无意识行为折磨他们。然而，在我看来，只有说谎，其次是固执，才是我们应该极力要防止萌芽与滋长的缺点。小孩子逐渐长大，舌端一度向这方面伸展之后，你才会意识到，任你如何也不能把它拉转来。所以我们周围总有这样的人，他们在其他方面都很诚实，但仍不免屈服及受制于这恶习。我认识一个很称职的裁缝，我从未听说他说过半句真话，即使于他有利的时候。

倘若像真理一般，虚妄只有一副面孔，我们还有办法可言，因为我们会把惯于说谎的人所告诉我们的反面当真实。然而，无奈的是，真理的背面却隐藏着千百副面孔和无限的领域。

毕达哥拉斯派【（约前580—约前500），古希腊政治家、数学家。】

圣奥古斯丁是古罗马帝国时期基督教思想家，欧洲中世纪基督教神学、教父哲学的重要代表人物。其观点在中世纪西欧基督教会中居于最高权威的地位。

的哲学家认为善是确定的、有限的，恶是无限的、不定的。千百条路引我们背离，只有一条路引我们达到目的。不过，我确实不敢断定，我会不会去撒一个坦白及严肃的谎来避开一个明显且极端的危险。古代一位神父圣奥古斯丁【（354—430），古基督教最伟大的思想家】说：“我们和一只相识的狗做伴好过和一个言语不通的人做伴。”“因此，陌生人经常不被人当人看”（普林尼【（23—79），古罗马作家】）。在社交中，虚伪的语言比缄默更让人难以接受！

……

论辩才的缓急

拉博埃西【法国诗人、作家】曾说："一个人不能兼有各种美德。"口才也是如此，有些人说话快捷、伶牙俐齿，词锋又那么尖锐，无论何时何地都无人能将他们驳倒；相反，有些人则比较迟钝，说什么都要深思熟虑。我要针对这两种辩才的特点给予不同的建议。当今最需要口才的，似乎就是牧师与律师两种职业。我觉得迟钝的宜于做牧师，敏捷的宜于做律师。因为牧师的职业允许他们从容预备，他们布道时循序渐进，基本没有间断；而律师行业的自由性却迫使他们随机应变，因为对手意外的反驳往往会使他们陷入不利的境地，迫使他们马上换新的立场。但是也有例外，克雷蒙教皇【指克雷蒙七世（1478—1534），意大利籍教皇（1523—1534在位）】与法国国王弗朗索瓦一世在马赛会面即是一个例子：当了一辈子法官且很有名望的玻耶【（约1473—1548），原为律师，1538年出任法国大法官】先生被任命去向教皇致欢迎辞。他把演讲稿早就预备妥当，据说还是在巴黎准备好带来的。可是要致辞的那天，教皇担心致辞内容会冒犯在座的各国公使，因此，就对我们的国王提出一个切合时宜的题目，而玻耶所准备的内容截然相反。因此不得不马上另创作一篇，然而他觉得

自己力不从心，只好让杜贝莱主教替代他。

律师比牧师难做。可是我觉得，至少在法国是这样吧，称职的律师比牧师多。

似乎敏捷与机警是智慧的体现，而迟缓与沉着意味着判断力。没有预备便夸夸其谈或有工夫预备亦不见得讲得好的人都是同样的不可思议。

据说塞维生吕斯·卡西尤斯【（？—前33），古罗马雄辩家、历史学家】即兴发挥说得更好，他并不勤奋，而擅长临场发挥，打断他的话对于他是求之不得，因此他的对手不敢激惹他，怕他在怒气的驱使下会加倍雄辩。经验告诉我，这种不耐烦进行苦思的天性与事先勤奋是不相容的。只有让它自由快活地奔驰，它才能发挥作用。我们常说某某作品有臭油灯气味，即指作品由于过分雕琢而变得晦涩与拗口。除此之外，经营过程中那太迫切、太紧张的灵魂显出的焦躁，那急于求精的操虑，会把好好的天性束缚、挫败与阻拦，使其不能自由发挥，就如同过于满溢和猛急的水从开着的瓶口流不出来一样。

在这种天性当中，也有并不需要受强烈情感震撼的，如像卡西尤斯那样被激怒，因为过分的刺激会让人失语。有的人所需要的不是打击而是激励，他们的天性只受临时、偶然及外界的景物所召唤。没有外界的任何影响，天性就会颓唐憔悴。兴奋是至关紧要的。

对于我本人来说，上述两种极端的情况都不适合。不过，机会似乎更为重要。场合、伴侣，甚至我自己嗓音的震动，比诚心琢磨更能加快我的思路。

因此，如果硬要加以区分的话，我认为，谈话要比写文章更有价值。

我常会有这种情况：我想寻找自我却找不到，信手拈来则比有意识地搜寻更有效果。我有某个微妙的感觉，要写出来发表，可之后我把它完全忘了，简直不知道我想说的是什么。有时，别人会先于我发现自己文章的精妙之处。如果我要用刀把这些信手写来的东西统统刮去，那么这部书就全废了。也许将来机缘巧合，我的文章里会偶然射出一道比午昼更亮的光，这会使我惊讶如今自己为何还要犹豫。

微信扫码

☑拓展视频　☑图文资讯
☑趣味测评　☑阅读分享

论征兆

在耶稣未降临以前，神谕便已失掉信用了。西塞罗【（前106—前43），古罗马学者、政治家】曾着力探寻过它们所以衰落的原因，他是这样说的："为什么很久很久以来直到现在，神谕就不再降临德尔菲【古希腊最重要的阿波罗神殿所在地】了，时至今日，说三道四的竟也没有什么人了呢？"至于其他占卜，有的建立于祭神时被牺牲的兽类的骨骼分析上（柏拉图以为，多亏祭神，人们才对动物内部结构有所了解）；有的则依赖鸡顿足，鸟飞翔，西塞罗说："我们相信有些禽鸟专为宣示未来而生的"；还有的根据打雷及河流的迂回曲折，西塞罗说："肠卜祭师和占卦官预知许多事物，神谕、梦与异迹又宣扬众多事物"；还有许多其他古代赖以取决公事和私事之休咎的，如今已被我们的宗教打破了。至今，星相巫觋等还在我们当中流行，这实在是人类天性中无意识的好奇心的显著例证之一，我们总是消耗光阴去预卜未来的事物，仿佛现在的还不够我们消受似的。

奥林匹斯山的主呵，

为何你要添上这凄惶在人类的痛楚之上？

为何用恐怖的凶兆，让他们预知未来的灾殃？

仍旧把凡夫的眼睛蒙住吧，

使他们在恐惧中仍怀有希望。

——卢卡努

西塞罗说："预知肯定会发生的事于我们毫无益处，因为徒自苦恼是一件十分悲哀的事。"——无论如何，它们的权威已大为减削了。

所以我对弗朗索瓦·萨吕斯侯爵的例子感觉十分惊讶。他是弗朗索瓦一世在阿尔帕山外的军队统领，所以在宫廷非常得宠，连他的哥哥被充公的领地也归还他了。那时没有机会背叛，倒戈也并非出自心愿，后来才证实，他那样做是被当时那利于查理五世【（1500—1558），神圣罗马帝国皇帝（1519—1556在位）】皇帝而于我们不利的种种预言吓破了胆。特别是意大利，这种愚蠢的预言在那里是那么流行。过度的恐吓影响了他，起初他为法国王室的命运以及在王室司职的友人担忧，经常在心腹面前唉声叹气，而最后终于背叛倒戈。无论星象如何，结果他损失重大。可是，在这件事上，他表现得像陷于各种情欲的人。因为他有城池和兵权在握，安东尼·特·列夫所统率的敌军距离他仅三步之遥，加上我们对他毫无猜忌，

马库斯·图留斯·西塞罗（前106—前43），古罗马著名政治家、演说家、雄辩家、法学家和哲学家。

他实在有惹来更大祸患的能力。然而，我们并没有因为他的背叛而损失人马及城池，除了福斯诺外。何况，福斯诺【意大利城镇】也是经了一场血战才丢掉的。

> 神用预言将未来掩盖，
>
> 嗤笑人类慌乱失态。
>
> 过完一天敢说自己"活了一天"，
>
> 才算掌握了自己的命运。
>
> 不管上帝让明日的天空乌云密布，
>
> 还是阳光灿烂，
>
> 这有什么要紧？
>
> ——贺拉斯

> 现在快乐的人，
>
> 决不会为将来操心。
>
> ——贺拉斯

相反，许多人在这一点犯了很大错误，正如西塞罗所言："他们的观点是：有预兆，才有神明；有神明，所以才有预兆。"帕库维尤斯【（约前220—约前130），古罗马悲剧作家】却聪明得多。

> 不求教于他们的心，
>
> 而求教于禽言兽语的那些人，
>
> 只配被我们听，
>
> 却不配被我们信。

查理五世是哈布斯堡王朝（欧洲历史上统治领域最广的王室）广泛的皇室联姻的最终产物。在欧洲人心目中，他是"哈布斯堡王朝争霸时代"的主角。

......

　　我见许多研究和注释预言的人，企图用预言到的发生的事，来证实预言的权威。其实，他们所预料的这么多事自然有真有假。正如西塞罗所言："整天射箭的人，谁不会有命中的时候呢？"我却不因为他们偶尔命中而对他们增加敬意。如果总是有本事撒谎，就应该把事情做得更完满。何况从来没有人留意他们无数和常有的误算，而正因为罕有，它们的偶然命中才得人信仰。在萨莫色雷斯岛【希腊岛屿，约前700年，希腊人在此建万神殿】的万神殿，有人指着那些沉船得救的人的还恩牌和捐赠物，对别号无神者的迪亚戈拉斯说："好，你不信神明关乎人事，对于这许多由于神恩得救的人，你该怎样解释呢？""实际上"，他答道，"并没有在这里留下形象的那些溺死的人占大多数，不过是没人去记载他们罢了。"

　　西塞罗说，在许多承认神明的哲学家中，唯有色诺芬尼【（约前565—约前473），古希腊哲学家，反对多神论】努力铲除各种预言术。因此，我们的许多国王都在这些子虚乌有的事上耗费他们的光阴，也就不足为怪了。

......

善恶之辨
大多源自我们的主观看法

古希腊一句格言这样说，"骚扰我们的不是事物本身，而是我们对于事物的主观看法【古希腊哲学家爱比克泰德（约55—约135）格言】。"假如这格言随时随地都被树为真理，那么，我们人类的不幸就可得以缓解。因为如果恶单是通过我们的判断侵害我们，似乎我们可以瞧不起它们，甚至还可以把它们转化为善。如果事物受我们的支配，为什么我们不能利用它们？如果我们所谓的恶与痛楚本身并非如此，而是我们的想象加给它们的品质，我们当然有权利转变它们。既然选择权在我们手中，又没有什么强迫我们，为什么偏要把一种苦恶的味儿加诸疾病、窘乏和侮慢的身上，选那苦闷的路走？这样看来，我们真愚蠢之极。既然命运供给我们的只有内容，我们完全可以给它们提供自己想要的形式。现在，让我们试看这种看法是否站得住脚：我们之所谓恶并非恶，或者——其实只是另一说法，那就是所谓恶是恶了，我们可以给予它们另一种气味、另一副面孔，这是最低限度。

如果我们所担忧的这些事物倒主宰了我们，那么，无一例外，无论在谁身上都会有此类情况发生，因为大家都是同类，而且具有同样的想象和判断手段，不过有多少之分罢了。可是我们对于事物的意识之分歧显然证明它们在我们脑子里生根是得到我们接受认同了的。于是，偶然某个人给它们以真体，而千百个人则给它们一个新的相反的形状。

我们将死亡、贫穷和痛苦当作我们的主要对手。就拿被一般人称为"可怕的事物中尤其可怕"的死亡来说吧：不是也有许多人称之为"这生命的风涛中唯一的避风港""自然的至善""自由的唯一砥柱"，以及"医治诸般苦难的奏效如神的万应灵丹"吗？有些人惶惑不安地等候着它，而另一些人却把它看得比生要舒适得多。

有人抱怨它来得过易：

死呵，求神护佑懦夫的生命，

希望你只是勇敢的代价。

——卢卡努

这些傲慢的心姑且不谈吧。狄奥多罗斯【（约前4世纪），古希腊哲学家，主张把寻求快乐作为人生目标】给那恐吓要杀死他的利西马科斯【（约前355—前281），马其顿国王，后成为色雷斯国王】作答时说："倘若你做得到一只西班牙苍蝇所想做的，你将立一大功。"大多数哲学家或刻意预防死亡，或帮助和敦促他们自己的死早日来临。

我们常见多少有名望的人，或由于刚愎，或由于天性上的纯真，毫不动容地赴不平常之死，而这种死往往是夹杂着羞辱及酷刑的——我们简直感觉不到他们在举止上有什么改变：料理家事，交托朋友自己的后事，吟唱，现身说法，对大众谈心，甚至还开开玩笑，为他们朋友的健康干杯，与苏格拉底简直毫无二致。

一个被拉去行刑的囚徒说："别从这条街走吧，某商人会揪住我的领带不放我走，向我索债。"另一个囚徒对刽子手说千万不要摸他的脖颈，以免他因为痒失声笑出来。还有一个囚徒听到忏悔牧师向他保证，他死的这天可以和耶稣共进晚餐，他笑着回答说："不如你自己去吧，我嘛，要绝食。"又有一个想要喝水，因为刽子手先喝了一口，便说他怕染上痘疹，所以不想跟着喝。大家都听过那庇卡底人的故事：他要上绞刑架了，有人带给他一个女子，如果他肯娶她，他便可以被赦免（我们的法律有时是允许这样的）。他将姑娘打量了一会儿，发现她脚跛，便说："绑吧！绑吧！她一只脚是跛的哩。"在丹麦也流行同样的故事：一个已经上了断头台的犯人，不肯接受别人献给他的相同的条件，只因为那女子的脸太扁，鼻子太尖。图卢兹地方的一个仆人被控告信仰异端。他信仰异教是因为追随他的主人——一个和他同时入狱的年轻学生。他宁死也不肯承认主人有错，这是他唯一的申辩。传记告诉我们阿拉斯城的百姓，在路易十一【（1423—1483），法国国王（1461—1483在位）】夺取了他们的城市之后，许多宁可挨吊也不愿喊"路易王万岁"。

路易十一（1423—1483），法国瓦卢瓦王朝国王（1461—1483在位），法兰西国土统一的奠基人。

......

我有一个亲密的朋友极真诚地寻求死亡。这真诚源自种在他心中的各种我所不能辩驳的似是而非的理由。一旦戴着神圣光环的死亡显现在他眼前时，他就会带着强烈的渴望投身于它的怀里，尽管并没有什么显著的非死不可的原因。

当今有许多例子证明，许多人就是为了极小的困难而自杀的。关于这一方面，一个古人说得好，就是连胆怯者拿来作庇护的东西我们都怕，还有什么不怕的呢？

在更加幸福的时代里，无论信仰什么，无论情况怎样的男女，或是从容地等死，或有意寻死。那些寻死者并不只为逃避生的苦恼，有些简直只是为了逃避生的餍足，更有人是因为希望到另一个世界寻觅更舒适的生活，这样的例子举不胜举。这数字是这么无限，我真觉得把那些怕死者加起来恐怕更要简单些。

在这里只谈论下面一件事。有一天，哲学家皮卢【（约前360—前272），古希腊哲学家】在海上遇到大风浪，便把一只对暴风雨无忧无虑的小猪指给他四周惊慌失措的人看，并以此为榜样，鼓舞他们不必害怕。

既然我们为具有的理性而高兴，多亏理性，我们才足以自傲且以万物之灵、万物之主自居，那么，从另一角度，我们能不能大胆地说，它是为要骚扰我们而加之于我们身上的呢？既然对事物有所认识会令我们不能安息，令我们比皮卢的猪还要愁苦，而不了解实情反而心情恬静，那我们了解真相还有什么用呢？上帝赐给我们智慧和力量就是为了让我们得到最大的幸福，而我们却用它来自求灭顶，与天作斗，与万物都遵循的普遍物理抗衡吗？

……

一切只有痛苦而没有其他危险的病痛，我们便称它为无危险病痛：牙痛、风湿病，无论怎么难受，只要人不死，谁把它们当疾病呢？现在，如果我们对于死亡只注重痛苦，那穷困也没有什么可怕，不过会把我们抛到饥饿口渴、寒冷暑热以及难以入睡之痛苦的领域罢了。

因此，就让我们单谈痛苦吧。我非常同意这个观点：它是我们生存着的人所能招惹的最大的不幸。我对痛苦绝无好感，总是尽量逃避它，因此，直至现在，感谢上帝，我还没有与它发生多大的关系。可是，即使我们不能彻底消灭它，至少也可以学会忍耐，以求减轻痛苦；纵使躯体受它干扰，起码要使灵魂和理性的秩序得以保持。

如果不是这样，为什么坚毅、勇敢、力量、豪爽和果断受人尊敬呢？假使不再向痛苦挑战，它们又将在什么地方显示其本领呢？塞涅卡说得好："勇敢渴望危难。"如果没有露宿野地、全身披挂受烈日的炙烤、啖马肉、喝驴血，没有眼见子弹从我们骨缝中夹出来，任火炙、针探、线缝我们的伤口等事，我们和平庸之人有什么区别呢？先哲们说："同等价值的事业中，最引人企盼的就是最困难的。"这与逃避痛苦及灾祸相距实不能以数目计。"的确，欢娱和快乐、嬉笑和玩乐与轻浮为伴，生活在其中的人并不见得幸福，在忧愁中如能做到坚忍与刚毅，反而常常会感到幸福。"因此，怎么也不能说我们的祖先那在战争的艰险里用臂力博来的胜利不比那在和平境地中由心机和口舌得来的更宝贵。

功业的付出愈昂，滋味亦愈长。

——卢卡努

何况，我们还有这点聊以自慰："痛得厉害的必短，痛得长久的必轻。"痛苦过了头，你不久就将失去感觉。它不会结果自己，也结果你：二者其实是一回事。如果你不能忍受，它就会战胜你。"不要忘记，最大的痛苦止于死，较轻的痛苦断断续续，而我们可以驾驭的是那些不大不小、较温和的。所以，如果它们尚可忍受，我们就忍受，否则我们可以躲开，告别这令人讨厌的人生，就像戏剧中演员离开舞台一样。"

我们之所以觉得痛苦难以忍受，是因为我们不习惯在我们灵魂深处寻求乐趣，而且不信赖灵魂是我们行为与状态的唯一至高无上的主宰。我们的肉体只是一种形式，一种状态。而灵魂却是千变万化，把肉体的感觉和种种意外，无论大小，都纳于它或它的权威之下。因此，我们应该时时体察我们的灵魂，试验它的力量，鼓动它无穷的活力。无论什么理由、命令和力量都奈何不了它的志向和选择。适宜于我们安全、宁静的生活的，便是我们所爱的灵魂之光。这样，不仅损伤不能侵害我们，如果它愿意，我们还会以痛苦和损伤为乐。

不难看出，使我们的苦乐尖锐化的，是我们心灵的内在活动。禽兽的心灵是麻木的，这从它们的一举一动、眼神中就能看得出来，而这麻木折射在它们的肉体上便是一种浑噩和自由的感觉。因

此，正如我们所看到的那样，几乎每一类动物都有相同的感觉。如果不惊扰我们肢体的裁判权，我们也许更自在更自由，肢体对于苦乐的感觉就自然真切、合理适度。如果拥有温良平稳的品性，我们对事物的感觉就不会过度。但是，我们既然摆脱了规则的束缚，沉溺于我们幻想的、放纵的、洒脱的自由里，我们至少可以设法想一些令人愉快的事。

柏拉图担心我们受苦乐的羁绊太牢，因为这会导致灵魂过分依赖于肉体，而我却认为，这会让灵魂解脱、放松，趋向奔放自由。

我们应该准备好与痛苦做坚决的抵抗，畏缩带给我们的只能是灭亡。因为我们的战栗会使它更加骄横，而它只会向那些敢于同它抗衡的人妥协认输，这与我们越逃跑，敌人就越凶猛是一样的道理。躯体只有强壮起来才会变得坚强，灵魂也是如此。

还是用事实说话吧。这些事实对于和我一样柔弱的人来说，作用十分明显。金叶虽然只是宝石的陪衬，但它却影响着宝石的明亮度。同样，你如何定位痛苦，便决定着你痛苦的程度。圣奥古斯丁说过："你越让位给痛苦，你越觉得痛。"与其让外科医生给你一刀，倒不如在与敌人的搏斗中受对方十剑。我们有不少仪式是特别为分娩带来的痛苦而举行的，在医生和上帝眼中，这种痛苦巨大。可是，一些种族却觉得它微不足道。不提斯巴达的女性，就看看我们身边与步兵一同出征的瑞士妇女【法军中的瑞士雇佣兵是夫妻一同上战场】，你找到她们身上不一样的地方了吗？昨天她们还怀胎待产，今天就得背上孩子陪同自己的丈夫一路远行。而那些不幸的在我们的边境上到处漂泊的埃及妇女，在孩子降临的那一刻，就会带着自己的孩子来到最近的河中沐浴。

为了封锁消息，很多少女从怀孕开始就将自己隐藏起来，一直到生育结束。古罗马贵族沙宾努【死于70年，由于在韦斯巴芗（7—79）统治罗马时，煽动高卢人进行了造反活动，因此躲避于岩洞中长达9年，每天都由妻子将食物送来】的妻子也是如此，为了不影响丈夫的藏匿，她独自进行了分娩，产下了一对双胞胎男孩，生产过程中她始终都没有出过声。

一个斯巴达儿童为了不让人发现自己偷窃狐狸的行为，就将狐狸塞到了自己的内衣里面（这样做的原因是与惩罚相比，偷窃后受到的侮辱更让他害怕），即使自己的肚皮被狐狸咬破了，也一直忍着痛苦不出声。还有一个孩子为了不破坏庄重的祭礼，就让落到袖口中的香火一直烧到了骨头上，自己始终未哼一声。我还看见过不少斯巴达的儿童7岁时屡屡受到鞭子的抽打，至死脸色都始终未变，他们这样做是为了检验自己勇敢的品质（受教育制度的影响）。西塞罗还曾经亲眼看见不少斯巴达人手脚并用，厮打成一团，直到昏厥都不肯服输。他说："除了我们自己，没有谁可以将人的

斯巴达人骁勇善战。一个斯巴达母亲送儿子上战场时，不是祝他平安归来，而是给他一个盾牌，说："要么拿着，要么躺在上面。"

天性击倒在地，所以它是永远不会向习俗低头的。我们的心灵正在被虚伪、奢侈、安逸、懒惰侵蚀着，但它们也将在偏见和妄想中被我们软化。"

……

让我欢喜的是，由于基督教给我们供应了很多我们想要的依据，因此获得这方面的证据就变得很容易了。不少人为了证明自己的虔诚，从而能够跟随在我们圣父的左右，居然自愿背负起了沉重的十字架。通过值得信赖的证人所著述的书，我们了解到，路易王九世【（1214—1270），法国国王（1260—1270在位）】一生身着粗布衣衫，进入暮年之后方才获得神父的允许，将其脱下。除此之外，他还随身带着一个装有铁链子的盒子，目的是接受每周五神甫用铁链子对他的肩膀进行抽打。

古耶纳公爵领地的最后一位传人纪尧姆有一个女儿叫阿丽诺，这块领地被她传给了法国和英国王室。因此，老公爵在他人生的最后一个十年中，通过苦行来弥补他的罪过。他不仅穿着教士服，还执意在它的下面穿戴了厚重的护胸甲。昂儒伯爵富尔克为了能让自己的两位仆人在圣墓前捆住自己进行鞭打，坚持徒步前往耶路撒冷。我觉得与贪婪相比，虔诚更能给人藐视痛苦的力量。

……

在普通人的观念中，多子便会多福，但我觉得即使没有孩子也会同样幸福，还有一些人也秉持与我相同的观点。泰勒斯【（约前624—约前546），古希腊哲学家】在被追问不成婚的原因时，他告诉对方自己不想生儿育女。

　　很多事情都验证了一个相同的道理，即事物价值的大小是由我们所持的观点所决定的。在评价某一事物时，除了事物本身的因素之外，我们自己的看法也很重要。无须在乎它们质量的好坏和作用的大小，要考虑的仅仅是你要以怎样的代价得到它们。似乎这已成了它们本质的一个重要的组成部分。因此被我们称为价值的常常不是事物自身带来的，而是我们给添加上去的。人的确是理财天才。事物价值的大小是由我们花费的多少决定的。忽视所付出的代价是为我们的意识所不允许的。因为得之不易而使钻石具有了价值，因为做之艰难而使勇气具有了价值，因为承受了信仰带来的苦难而使虔诚具有了价值，苦口程度决定了良药的价值。

　　有人为了变得一文不名，不惜将财宝丢弃到大海之中，但更多的人为了发财而来到大海中不停地进行着探宝活动。伊壁鸠斯说过，纠纷不会因为富有而得到根除，它仅仅是换了一种形式而已。诚如他所言，吝啬的根源是富有，而非贫穷。我的感受可以说明这一点。

　　自童年之后，我体会到了三种不同的生活状态。头二十年，我们过着一种

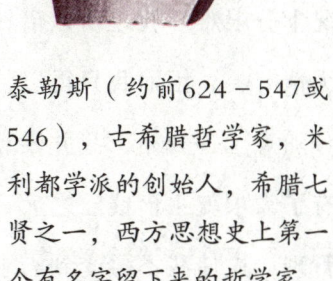

泰勒斯（约前624－547或546），古希腊哲学家，米利都学派的创始人，希腊七贤之一，西方思想史上第一个有名字留下来的哲学家。

没有自己的固定资产，依赖别人救济的生活，因此生活并没有行驶在正常的轨道上。这段时期，来钱的概率决定了我的消费状况，所以我也就没有什么可担心的了，任由老天来安排。但现在回想起来，那却是我一生中活得最惬意的时候了。朋友们一直不停地接济我，而我给自己定下还款的时间，并且将按时还债视为最重大的事情。朋友们眼瞧我为还债而忙碌着，于是就将还债的时间不断延长。实际上，还债过程中，我不但勤奋、俭朴、信守承诺，还会有一些带着狡猾色彩的忠实。

　　还债的确带给我一种快乐：这就像一点一点地卸下身上让人生厌的重担，摘下那近似于证明奴隶身份的标志一般，而且欢畅的心情还来源于那种行正义之举和替别人达成心愿的心理状态。但是，这并不包括那些需要筹划和斤斤计较的偿还。原因为何呢？在没有代理人的情况下，与其去做那些同我的秉性和说话方式格格不入的讨价还价，更不如让我带着愧色、有失公允地放缓还款的时间。要知道，讨价还价是我最讨厌的事情。这种做生意的方法不仅低俗，而且让人感到羞耻：一小时的争吵之后，双方都将当初的诺言重新收回，原因仅仅是其中一方想多拿五分钱的利益。所以我借钱时情况十分艰难。我之所以借钱很容易就遭拒，与我当面做此事感到难为情有关，因而我只得以信函的方式去撞大运，而且信的内容也十分随意。一开始，我并没有对自己的日常消费进行有序安排，只是有了需求就去借钱。之后，在掌握了一些预算常识后，我开始自我管理，这使我不再受到需求的摆布，得以重新振作，因而也就觉得无拘无束，欢畅愉快了。

在大部分财产管理者眼中，不断波动的生活最让他们感到恐惧。之所以会这样，首先是因为他们从来都不清楚，世界上大部分人的生活都是在千变万化中度过的。从古至今，数不清的具有诚实品质的人们为了能得到国王和上天的垂青，不惜牺牲他们已经得到的财富。恺撒最终能成为最高统治者，除了撒尽自己的万贯家财，还背负了百万黄金的巨额债务。虽然去印度经商风险重重，但还是有许许多多的商人不惜将自己的家产变换成现金，以求一试。

跋涉多少波涛汹涌的重洋。

——卡图卢斯

而如今，真心实意的信教者已经屈指可数了，可众多的教会组织却视而不见，仍然幻想着得到上天的施舍。

再者，他们对他们所依赖、认可的东西所具有的不确定性和风险也同样是毫不了解。没错，我有2000埃居的年金，可我依然能准确无误地感受到贫困对我的威胁。因为幸运与不幸之间常常不需要某种中介进行过渡，命运可以穿透我们的财富，打开许许多多贫困之门。

　　财富是玻璃做成的，它闪闪发光，

　　但也十分容易破碎。

——普布利柳斯·西鲁斯（活动期为公元前1世纪，

拉丁滑稽剧作家，有一本警句诗集传世）

　　命运还有足够的能力将我们所精心建立起来的抵御贫困的一切防御措施掀翻在地。所以，综合各方面考虑，我觉得贫困不仅只跟随穷人，它也会与富人们结缘，并且可能"长相厮守"。说不定，当贫困出现在面前时，一无所有的人较之那些富有者更能够轻松自如地应对。准确地说，财富不是靠收入积累起来的，而是合理地管理出来的："每个人是自己财富的创造者【萨卢斯特（前86—前35/34），古罗马政治家和历史学家】。"我认为，更应该让人同情的不是那简单、没有更多追求的穷困潦倒之人，而是那整日疲于奔命、劳心劳力的财富拥有者。

　　塞涅卡曾说："富人的匮乏感会引起莫大的灾祸。"国王拥有的财富最多，权势也最强大，可他却经常感受到极度的匮乏。

　　后来，我开始为赚钱而努力。在我为实现这个目标而全力以赴的过程中，没有多久，我就有了积蓄。就我的处境来说，数量很丰厚了。我觉得，真正的有钱人不仅有正常的收入，还应有自己的积蓄。即使能预料到的收入再多也不足以引以为豪，因为我总是会考虑到那些可能发生的意外情况。类似的奇异想法不断出现在我的头脑中，于是我就按照那些聪明人的做法依葫芦画瓢，积攒钱财来防备可能出现的意外事件。有人告诉我，突然发生的事情多如牛毛，根本防无可防。我则理直气壮地答复他，纵然不能解决掉所有的问题，但总是可以处理掉一些的。

存钱时的心情自然很焦急，因为我不能让别人知道这个秘密。虽然总的看来，我本人也能算得上诚实，可一涉及钱，我与其他人也就别无二致了，穷困时打起脸来充胖子，有了钱却又不停地哭穷。可以说，谈钱时我从未说过实话。如今回味起来，这份小心谨慎是多么滑稽而羞耻！外出游玩时，我也总会陷入一系列困惑中。忧心的程度与带钱的数量恰成正比，不是觉得路上危险，就是信不过脚夫，我所认识的人身上那只有将行李拴在身旁才放心的毛病在我身上也同样存在。如果将钱置于家中，又会生出疑惑和忧虑。这还不算，最痛苦的莫过于这些烦人的事偏偏又无法找人一诉衷肠。所以那钱箱始终揪着我的心。总而言之，比起生财，守财之苦有过之而无不及。即使我还没有尝尽刚才所述的苦头，可是最起码我在避免自己去体会这种感受时也是花了不小的功夫的。

对我来说，绞尽脑汁去花钱也会压得我喘不过气来，因此，我很少也可以说压根儿就没有感受过富有带来的益处。就好像彼翁【古希腊田园诗人】说的那样，你去揪别人的头发，对方不管是多发者还是光头，都会被你激怒的。当你对满眼的钞票习以为常，并且还因此陷入无尽的幻想中的时候，金钱就不会再对你产生任何作用。此时你也再没有了那随心所欲花钱的魄力，反倒是担心它会像高楼大厦一般一触即溃。如果没有到火烧眉毛的关键时刻，你绝不会拆掉它。原先，无论是典当衣物还是出售骏马，我都不假思索，也从不感到惋惜。可是当我富裕起来后，我却将钱小心地保护起来，不让人发现，也不随意使用它。虽然如此，但还是存在着巨大的风险，那就是无法给攒钱的冲动设定一个明确的界限（人们眼中的好事，大部分界定起来都很困难）。我们一笔一笔地往上加钱，钱因此越来越多，以至于使它看上去成了一件可悲的事，只是毫无意义地守护，却不去充分地享受。

柏拉图（约前427—前347），古希腊哲学家，也是全部西方哲学乃至整个西方文化最伟大的哲学家和思想家之一。

按照这个逻辑推断，拥有最多财富的人非城门的守卫者莫属了。我觉得贪婪差不多是一切富庶者的本性。

柏拉图按照这样的次序，对人类已经拥有的有形或无形的财富进行了排列：健康、美丽、力量、财富。在他看来，人不应该漫无目的地去积累财富，人做到了这一点，就等于拥有了一双明目。

在这方面，小狄奥尼西奥就做得非常出色。他获悉一个仆人将一注钱悄悄埋在地下之后，就将这笔钱收缴到了自己这里。虽然仆人把钱交给了他，但却秘密截留了一些，并且之后还将这些钱带到外地去生活。来到新的城市之后，仆人不再一点一滴地去攒钱，而是大手大脚享受起生活来。小狄奥尼西奥了解这一情况后，马上让人将原先自己收缴起来的钱送还到了仆人的手中，并告诉他，既然他已经知道该如何用钱了，自己自然也十分情愿把其余的钱还给他让他使用。

我攒钱攒了数年，后来不知怎样的原因，头脑中的守财观念被打破了，我从里面跳了出来，并且抛弃了积聚的习惯。回想起来，应该是一次花销极大的旅行让我摆脱了这个观念，它让我感受到了一次之前从没有体验过的愉悦。就这样，我的生活状态又一次发生了改变。我使我的个人财政状况平衡了许多，虽然也会出现入不敷出或者出现盈余的情况，但幸好没有出现太大的差距。自然这种生活状态更舒适，也更整齐有序。我不做长远的打算，只着眼于当下，只要能实现日常和现实的生活需求即可。就算出现的需求是非现实的，哪怕你倾尽世上的一切也不一定可以满足它。更别说企图从上天那里得到充足的武器来与它抗衡，这无异于痴人说梦。我存钱的目的很简单，为它可能在最近发挥巨大的作用做准备，而不是去盘算着拿它来购置地产，对我来说这没有一点意义，我仅仅是想体会一下其中的快乐。西塞罗曾说："不贪便是富有，不爱购置便是收入。"我不担心一无所有，也没有添加财富的打算。"富裕是财富的产物，满足是富裕的标记。"使我的生活状态发生这种变化的年龄段，正是普通人趋向于吝啬的时候，所以我感到十分的幸运，我因此从老年人身上常见的那些通病和人类最可笑的弊病中挣脱了出来。

弗罗雷的生活也经历过两种不一样的阶段。之后，他发现自己的饮食、睡眠及情欲并没有因为自己更富有了而出现什么变化。而且，他也体会到了钱财管理的巨大压力，这使他失去了生活的乐趣。他的这种感受与我当初所体验到的完全相同。因此，他做出一个决定，帮助对他忠诚的朋友——一个做着发财梦的穷青年去实现他的心愿。他将包括居鲁士送给他的丰厚的财物，和自己通过竞争囤积起来的钱财在内的一切他无法用尽的财富都慷慨赠送给了他的这个穷朋友。他只是要求这位朋友负责自己的食宿，就像招待客人和朋友一般。此后，他们愉快地生活着，对于彼此身份的交换也十分满意。如果也让我做这样的事，我想我会十分愿意的。

一位老主教的魄力也赢得了我万分的敬意。他先从仆人们中挑选出一些来作为自己的指定人选，然后把他的财产、收入、投资等事项十分放心地交到了这些指定好的仆人手中。当然这些人选是定期变更的，这段时期是你，下段时期就换成了他。就这样，数年以来，他对自己的家庭收支情况毫不知情，俨然如外人一般。他以他对别人正直善良的品质的信任证明了自己的正直善良，自然也得到了上帝的关爱。而关于他的家庭，在我所见过的家庭中，再也挑不出第二个能像他家那样良好、和谐、有序的了。一个人可以将自己的生活管理得如此井井有条，不仅保障了自己的生活需要，而且使自己在生活琐事上节省了更多的精力，避免了自己修身养性和更为重要的职业受到干扰，从而得以心怀坦荡、无拘无束地生活下去。这种福分岂是一般人所能得到的？

所以说，穷困还是富裕全由每个人自己的认知所决定。富有也好，荣誉、健康也罢，它们本身所拥有的乐趣都无法比我们给予它们的更多了。我们自己的感知决定了我们所处环境的优劣。那些感受到幸福的人是因为他们认定自己是幸福的，而不是依赖于其他人的看法。它是真是假全取决于你自己的信念。

对我们而言，财富本身并无好坏之分，但它却是影响我们利害关系的因素。但我们的心灵拥有更为强大的力量，唯有它可以决定我们是幸福的还是不幸的，可以随意地利用和支配财富。

外物的作用是借助于事物本体而产生的，以衣服为例，它本身并不具有加热事物温度的功效，只是因为它可以将人体自身的温度维持在一个水平线上，所以才具有了保暖的作用。如果给冰冷的物体也"穿"上一件衣服，那它也一样可以将冰冷的温度维持下去：冰雪之所以能保存下来就是这个道理。

事物自身无所谓痛苦或艰难，之所以会产生这种感觉是因为人类的软弱和平庸。这就好比让懒人去发奋学习，让嗜酒者去戒酒，这对于他们而言无疑是十分痛苦的。一样的道理，对于那些恣意放纵、受尽宠爱、无所事事的人来说，让他们去勤俭节约、接受锻炼绝对算得上是一种惩罚。人是这样，其他事物亦然。因此，是否具有崇高的精神境界和品质才是我们评价一个事物是否伟大的依据。如果我们不具备这一点，很容易就会将自己的问题转嫁到他人身上。船桨本身是笔直的，但放入水中之后就看起来变得弯曲了。看到这些现象之后，要明白应该从什么样的角度去认识它，这对于我们是十分重要的。

有不少论述都是规劝人们藐视死亡、忍受苦难的，只是它们阐述的角度各不相同，我们完全可以挑选出其中一些适合自己的来劝慰自己。在别人面对死亡和痛苦时，我们也曾用很多深奥、精辟的语言来劝慰他们，我们也完全可以找到自己的特点，把这些语言用到自己身上。如果烈性药和创口洗涤剂因为你无法忍受而不能根除你的疾病的话，你还可以用稍微温和的药剂来取代它们，这起码能够让你的病痛减轻一些。西塞罗曾说："约束着我们对痛苦和快乐的态度的只是一种怯弱而一文不值的偏见。心灵软弱无力时，蜂蜇一下都会让人痛苦不堪。而事实上，自我控制才是这一切的根源。"

归根结底，只要人类痛苦和软弱的程度还在被无限制地夸大渲染，哲学就会始终陪伴在我们身边。因为哲学在人们的高压之下一直在无奈地做着诡辩：假如说在贫寒的环境中降生已经糟糕透了的话，那么我们起码无须一直生活在贫困中。

之所以痛苦会延续很久，那完全是自己的过错造成的。

　　既缺乏忍受生与死的胆量，又不进行抗争或逃避，对于这种人，我们无能为力。

论恐惧

我悚然木立，我的发儿直竖，我的舌儿凝结。

——维吉尔

在探究人类本性方面，我还算不上一个优秀的学者，（就像他们描述的那般）对人的恐惧的来源我也只是一知半解。但这确实让人感到怪异。按照医生的说法，最能让我们慌张的就是恐惧了。而我也真的见识过不少由恐惧导致发狂的例子，它的进攻让最冷静的头脑也无法躲过可怕的昏厥现象。而那些凡人们，时不时地就会因为担心碰到从墓地中蹦跳出来的穿着敛衣的老祖宗，或者是恐怖的浪人、妖精鬼怪而感到恐慌。理论上来说，最勇敢无畏的就应该算是士兵了，可是他们也往往会认错人，比如羊群在他们眼中成了一队甲兵，而他们所看到的手拿长矛的骑士其实不过是一些芦苇和茅草，有时甚至会认敌为友，就连十字架的颜色也由白色变成了红色。为什么？还是恐惧。

……

一些时候，甚至一群人都会陷入恐惧的泥潭中。格马尼库斯与德国人进行了无数次的战斗，其中一次，恐惧竟然导致两大队士兵不辨方向，相向而逃，到了对方刚才的阵地上。

恐惧有时会成为人腾飞的动力，有时又会将人牢牢抓在自己手中，

《但丁之舟》，法国画家德拉克洛瓦作。维吉尔与但丁在地狱之湖的小舟上，湖里有一些正在受折磨的灵魂，他们像抓救命稻草一样，想攀住这个岌岌可危的小舟，有的已经爬上了船沿，他们的手指、脚趾以及他们掀起的湖面上的泡沫，都真实入微。细致的描绘与神话幻想的题材在这里结合一体，水乳交融。

让人动弹不得。泰奥菲尔皇帝就是一个很好的例子：相传他败给亚加雷纳人后，惊恐到了瞠目结舌的地步，以至于身体发软，都忘了逃生这回事。正如昆图斯所说："恐惧得连逃命的办法都想不到！"最后还是他的一位主将马尼埃尔让他清醒了过来，马尼埃尔拉着他说："您再不走的话，我只得将您杀死。与其眼看着国土因您成为敌人的俘虏而沦陷，还不如让您死去。"

可是，个别时候恐惧又会让人看到它不可估量的力量，一些即使是荣誉和责任都无法建立的卓越功勋，它却可以完成。罗马在桑普罗尼奥斯【古罗马政治家，公元前218年成为罗马执政官】统治时期，在败给汉尼拔【（前247—前183/182），迦太基人，古代最伟大的军事统帅之一。一生与罗马为敌】的第一场大战中，由于恐惧，成千上万名步兵陷入了绝境之中。不得已，他们混入到敌军之中，拼死向外突围，结果杀死了数不清的迦太基人，以辉煌的胜利一雪前耻。这种恐惧是最让我们害怕的。

所以，我们可以这样说：除了恐惧再没有什么情感可以拥有如此大的威力了！

庞培的朋友们曾在他的船上亲眼看见了一场血淋淋的大屠杀，这种经历带给人的痛苦可称得上是最真实、最强烈的了。可是，当他们发现埃及船离自己越来越近时，刚才的痛苦如同短暂性失忆一般全都消失了，此时心中的惊恐让他们不停地催促船员们赶快离开。当他们达到推罗【古腓尼基南部的奴隶制城邦，即今黎巴嫩的苏尔】后，恐惧才完全消失。此时他们才又想起了先前的损失，不禁万分悲伤，痛哭起来。而就在刚才，这一切都陷入了不可阻挡的恐惧之中了。

恐惧把智慧从我的内心里赶走了。

——西塞罗

那些在战斗中受伤的人，你命令他们次日继续上战场，纵然全身伤痕累累，他们也照样会勇往直前，奋勇杀敌。可是那些在思想上就被敌人所吓倒的人，连与敌人面对面的勇气也没有。而整日因为可能的财产损失、流放、沦陷而忧心忡忡的人，始终都无法摆脱阴郁的心情，导致寝食游乐的念头都消失殆尽；与此形成强烈反差的是，那些穷汉、流亡者和农奴们却仍然能够享受到普通人的生活乐趣。在备受恐惧折磨之后，太多的人走上了自缢、投河或跳崖的不归路，这一系列的事实都明白无误地表明，与死亡相比，恐惧更让人无法承受。

在希腊人的观念中，还有一种完全由上天的冲动带来的恐惧，它既与理性的失误无关，也不需要任何清晰的缘由。这种恐惧将整座城邦或所有的军人都牢牢控制在自己手中。正是由于它，迦太基城才沦为了一片废墟：哀号、惊叫声不绝于耳，似乎有警报给了居民们提醒一般，他们都冲到街巷之上，彼此间进行着残酷的搏斗和厮杀，看情况，就好像有敌人侵入了这座城邦之中。每个地方都能听到嘈杂声，所有的秩序都已荡然无存。当人们重新开始祈祷和祭祀的时候，神才收敛起了它的怒火。这被希腊人称为潘引起的惊恐【潘为希腊神话中的山林神，身体是人，头上长角，另外还长有羊腿和羊脚，是放牧人的保护神，但它的突然出现常常会带给人们巨大的恐慌，所以，突然而强烈的集体惊惧就被称为潘引起的惊恐】。

汉尼拔（前247—前183年或前182），北非古国迦太基著名军事家，发誓终生与罗马为敌。在军事及外交活动上有卓越表现，现今仍为许多军事学家所研究的重要军事战略家之一。

论死后才能判定我们的幸福

人的幸福要等到最后，

在他生前和葬礼前，

无人有权说他幸福。

——贺拉斯

克罗伊斯【（？—约前546），吕底亚最后一代国王，以富有闻名】国王的故事为孩子们所熟知：居鲁士俘获他之后将要处死他，就在行刑前，他大喊道："啊，梭伦【（约前630—约前50）古雅典政治家和诗人】，梭伦！"居鲁士听说他的行为后，就让人来问他这句话的意思。克罗伊斯告诉来者，他不幸验证了梭伦的一个警告：无论你得到了命运怎样的垂青，都不可以断定自己就是幸福的，只有在死后才能对此做出最终的结论，原因在于世事变幻莫测，没有常态，哪怕是一丁点儿的小动静，也有可能改变人的最终走向。所以，在波斯王年纪轻轻就握有大权，从而引来无数人羡慕的时候，斯巴达国王阿格西劳斯却告诉他们："没错，然而，处于这个年纪的普里阿摩斯【希腊神话中最后一个特洛伊王】也感受到了同样的幸福啊！"我们还能发现，马其顿的国王，伟大的亚历山大的后裔，曾是罗马的一名木匠；西西里的独裁者，却在科林斯【希腊城市，古代曾为地中海最大的城市之一】当上了教师。而在半个世界都留下过足迹的一代骄子庞培，为了能多活五六个月，而在一个无耻的埃及军官面前低三下四地竭力乞求，犹如街上的乞丐一般。这无疑是伟大的庞培生命中一个巨大的损失。

我们父辈生活的那个年代，意大利因为米兰第十任公爵——吕多维克·斯福扎

庞培（前106—前48），古罗马统帅，政治家。罗马共和国末期，庞培在与恺撒的内战中败北，最后被背信弃义的埃及人所杀。

的治理而名震世界。然而，他却以一生中最悲惨的十年作为了自己最后的结局——十年的牢狱生涯之后，客死洛什城。而最近，基督教国家最强大的国王【法国国王弗朗索瓦二世（1544—1560），亨利二世的长子】的遗孀，也是最美丽的皇后，也被送上了断头台。类似的事例俯拾皆是，暴风雨会专门寻找那些傲然屹立于河岸之上的建筑物进行攻击，似乎上天也眼红凡人的荣耀而要故意捉弄一下他们。

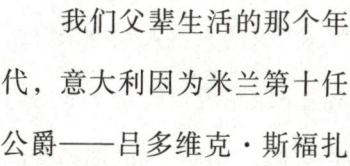

一股隐秘的力量专与人类的强大为敌，

把员老的赫赫的杖和凶暴的椎，肆意嘲弄，

当成了微不足道的玩具。

——卢克莱斯

一些时候，命运好像故意把他们强大的力量留到我们生命的尾声时才拿出来显示，这样就可以轻而易举地将我们日积月累铸就的所有成果一举摧毁。因而，我们会在拉布里斯的带领下不断重复他的那句话：

显然，我们又多活了一天！

这些事例都说明了梭伦观点的正确性。然而，他终究是个哲学家，命运的好坏对他而言本就没有幸福与不幸之分，而对于道德来说，地位、权力仅仅是它的一个附属物，并没有太大的意义。所以，我推测这句话背后一定藏着更深刻的含义。也许他意欲告诉我们，一个人的心灵是否得到满足，是否获得平静，灵魂是否充满自信，是否足够果断，这些才是决定一个人是否幸福的因素，所以当一个人的人生大戏还未终结或者最难的那幕戏还没有上演之前，他就无法下结论说自己是幸福的。人在一生当中随时都有可能进行伪装：或许装扮我们的是自己那精辟的哲学语言；或许是因为我们的死穴未曾被厄运碰到，而使我们有了维护那张平静的面容所需要的精力。但是，当人生进入尾声，我们在使出浑身的力气与死亡搏斗之后，已来不及再做那些修饰了，此刻，我们就会将自己心中所想真实地倾吐出来。

唯有此刻，至诚的声音才从心底涌出，

面具卸了，露出真相。

——卢克莱修

所以，最后的时光要来验证和点化我们这一世的作为，它意义重大，因为它会对我们过去的岁月做出一个裁决。如同一位前人所说："这天将会给我们消逝了的年华盖棺定论。"我会将我的研究成果交到死亡的手中，让死亡去检验它是否正确。此时，我们才能真正找到自己言论的源头是内心还是嘴巴。

不少人一世的声誉都是以付出生命的代价换来的。西庇阿——庞培的岳父，终生臭名昭著，最后这些恶名全都因他的死法抵消了。当有人问伊巴密浓达，在卡布里亚斯【（？—前356），雅典军事家】、伊菲克拉特【（前418—约前353），雅典杰出军事统帅】和他本人中他最重视谁，伊巴密浓达这样答复他："得等到死时才能得到答案。"他说得没错，假如要评价伊巴密浓达的一生，那就必须要包括他死时的荣耀和伟大，否则就是对他很多伟业的抹杀。

这都是上帝所想要的结果。有三个与我生活在同一时代的且为我所了解的人，一辈子品行恶劣，其行为完全可以被诅咒，可是他们的生命却得到了一个很好的结束，而且临死时的所有事情都得到了很周详的安排。

还有一些人则是勇敢而幸运地死去。我曾目睹了一个人在他的盛年最辉煌的时候，以一种壮烈的死法与一切进行了彻底的了断。我个人看来，与他这种结束生命的方式相比，他规划的雄伟蓝图就显得黯淡了许多。他无须费多大周折就抵达了理想的彼岸，况且他所采用的方式也较他所设想的要光荣、伟大得多。他一生所追求的荣耀，在他以这种方式结束生命的时候也终于实现了。

亚历山大大帝石棺出土于腓尼基的西顿城，现存于伊斯坦布尔考古博物馆，棺椁上的浮雕表现的是其生前率军远征时的壮观景象。

在对其他人的一生进行评价时，我往往会将他生命结束时的情形考虑进来。而对于我自己，我希望能够安详而静静地死去，这也就是我想要的善终了。

探究哲学即学习死亡

西塞罗说，研究哲学的目的只有一个，那就是为死亡做准备。深入的研究和静心的思索常常引得我们灵魂出窍，这就使得灵魂游离于身体之外来进行活动，它看上去很像死亡，所以也可以说它是在做死亡练习；也许还可能是由于人类所有智慧和思索活动的本质在于：学会抵抗死亡的方法，使我们不再害怕死亡。的确，理性的到来，不是要讥讽现实，就是要帮助我们享受到生活的乐趣。归根结底，使我们能够自由、舒适、快乐地生活就是它的工作，这与《圣经》上所描述的【《圣经》传道书第三节中说：我了解到，享乐和消遣是人生的最大乐趣】相一致。所以，虽然因为思想的不同，而有多种多样的方法论存在于世界上，但在我们生存的最终目的这一点上，它们的看法都是相同的，那就是快乐。要不然，这个思想在产生伊始，就会落得个被抛弃的悲惨下场，因为没有人会相信痛苦才是人类生活的目的。

各个学派的哲学家关于此问题的争论仅仅存在于表面文字的范畴。正如塞涅克所说："让我们跳过这无聊的诡辩吧！"这样一个神圣的职业却与极度的固执和争吵联系在一起，实在是不和谐。无论一个人以何种面目和身份示人，被扮演的还是他自己。不管人们如何描述，纵然是勇敢瞄准目标也可以称得上是一种快感。虽然人们一直觉得"快感"这个词听起来很不舒服，可是用它来刺激人们的听觉器官却很是让我喜欢。假如极致的快乐和异常的欢悦也是它含义的一部分的话，那么它所具有的说服力就不

现存于世的最古老的《圣经》手抄本是用希伯来文字书写的，这本手稿是考古学家进一步了解宗教秘密和历史事件的重要资料。

是其他一切徒有其表的词语所能比拟的了。因为，这是一种更健康、更有力度、更符合实际的一种快乐。按照这种逻辑推断，勇敢给人带来的快感要远远超过其他任何一样东西，进一步讲，说勇敢自身就代表了一种快乐也并不为过，而并非现在这样，让它与"力量"等同起来，因为"快乐"听起来显然要比"力量"可爱、美妙、自然得多。其余低一层次的快感，纵使也有"快乐"之实，但也不应通过特权来达到占有"快乐"之名的目的，而应在竞争中去实现它。我认为，在纯洁、超然这两方面，它们都比不上勇敢。它们的滋味要么微弱，要么如昙花一现那般短暂。而且要获得它们也并不容易，不仅常常要保持警觉，还要禁食、劳作以及挥洒血汗；特别是其中还不断衍生出多种复杂的情感来，让人备受折磨，如同修行一般。

假如这些艰苦的努力在我们眼中仅仅是低俗快感的调味品的话，那我们就会犯下一个严重的错误。自然界中，万物都会从和它相反

的那一面吸取力量。我们也不能做出结论说，勇敢也同样会陷入种种困难的包围之中，致使人们无法靠近、不敢向前。恰恰相反，困难会因为那些源自勇敢的超凡脱俗的快乐渐渐神圣、崇高起来。只有那些了解它的奇妙和作用，并且不会因为为它所付出的代价而抵消它价值的人，才可以对它评头论足。有一些人让人无法理解，他们四处宣扬自己艰苦的追求过程及最终得到安逸的结果的目的究竟是什么。很明显，他们是在说，对快乐的追求从未让人感受到愉悦。在他们看来，快乐对于人类来说，就是镜中花，水中月，是永远无法抵达的，所以能够仰慕着它，在境界上拉近与它的距离，从而使自己得到满足才是

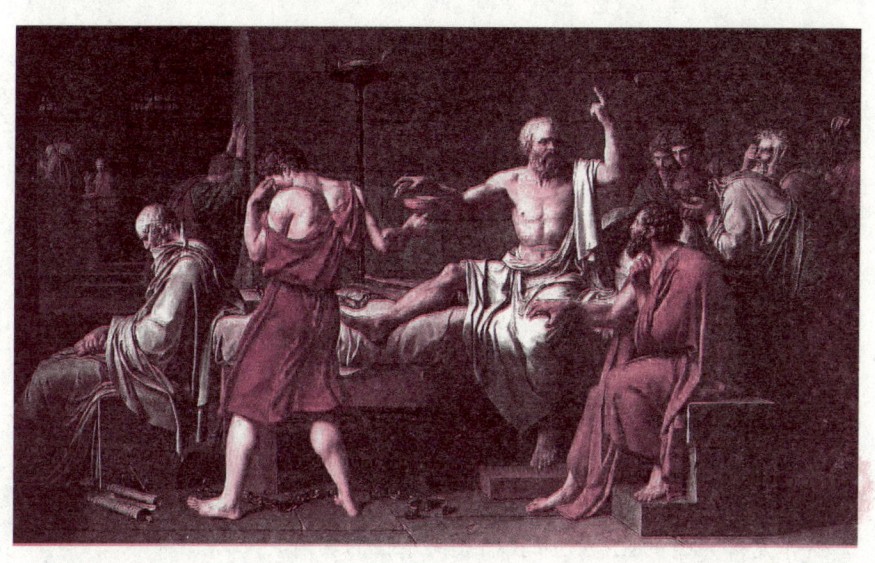

《苏格拉底之死》，雅克·路易·大卫创作于1878年。苏格拉底是著名的古希腊哲学家，他和他的学生柏拉图及柏拉图的学生亚里士多德被并称为"希腊三贤"。雅典恢复奴隶主民主制后，苏格拉底被某些民主派人士诬告，以藐视传统宗教、引进新神、败坏青年和反对民主等罪名被判处死刑。

最佳方法。但事实上他们错了，我们口中的快乐是多种多样的，仅仅追寻快乐的过程本身就是快乐的一种体现。意欲将自己所渴求的事物据为己有，这件事自身就是实现最终结果的一个重要部分，说它们是一个整体也并不为过。在勇敢的道路上，到处都洒满了快乐之光，从头到尾，无一遗漏。

可是，勇敢让我们学会了藐视死亡，这也成了它最杰出的成就。我们的生命因此被温柔清澈的气息所包围，我们也从中体验到了生活的甜美和纯洁，缺少了这一点，所有的快乐都会失去光彩。所以，关于藐视死亡这一点，所有的学派彼此间都形成了默契。虽然他们是我们藐视痛苦、贫困和人类其余不幸的引导者，但没有人可以将此周详地说出来，因为他们在这些苦难中所获得的感受也很浅薄（大多数人一辈子无须吃苦，个别人甚至根本就不清楚疾病和痛苦，像音乐大师色诺菲吕斯在他106年的生命历程中，就从来没有患过疾病）；的确不行的话，我们甘愿去死，所有焦虑的因素都能够因为我们的死亡而得到消除，可以说是一了百了。反正死亡都是无法逃脱的。

> 我们每个人都会被赶向同一个地方，
> 迟或早，我们的签从摇动的筒跳出来，
> 于是那无情的死身便带我们驶向永恒的冥府。
>
> ——贺拉斯

因而，假如我们畏惧死亡，将备受它的折磨，而且烦恼也会没有穷尽地纠缠我们；我们则频频左顾右盼，猜测它藏在哪里，这就好似坦塔罗斯【希腊神话中的吕狄亚王，由于他杀死自己的儿子之后，还用其肉块来设宴款待众神，宙斯因而一怒之下，将他永久困于一块岩石下作为对他的惩罚，而那块岩石看上去好像马上就会落下来把他砸死】的石头，"永远悬于我们的头顶"。一些时候，我们的法庭会选择在犯罪现场对犯人行刑，在前往刑场的道路上，无论你是给犯人送美味佳肴，还是领着他们参观富丽堂皇的建筑物，都不会受到法庭的阻挠。

西西里岛的盛宴，
不会令他们垂涎欲滴。
鸟语和琴声，
不会把他带入梦乡。

——贺拉斯

……

你可能会告诉我，既然你对死亡如此不甘心，那就甭管用什么方法，只要不死就行。这正好符合我所想的：只要能逃出死亡的魔掌，任何方法我都会采用，即使让我钻进牛肚皮里，我决不退缩。只要能让我自由自在地生活，我就很满足了。我脑海中冒出的一切奇招妙法，我都会进行尝试，毫不在乎它在其他人眼中是如何的平凡和荒唐。

我宁愿被人当成疯子和傻瓜，
只要我的怪癖能令我开心；
也不愿为贤为智而谨慎悲戚。

——贺拉斯

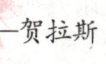

然而，借助于这一途径来实现目标，这绝对是一种可笑的想法。四处奔波、频繁来往、纵情娱乐的人们，对于死神发出的信号丝毫体察不到。这当然很不错。可是，当死神不期而至，降临到他们或他们的亲朋好友身上的时候，你能想象出他们号啕大哭、悲痛欲绝的景象吗？你又何曾目睹过他们如此失落、手足无措的样子？前后情景形成的反差竟是如此的巨大！所以我们有必要提前为随时可能出现的死亡做一些准备工作：假如一个理性之人，对于死亡的认知还像牲畜那样混沌无知的话，那我们将会为此付出惨痛的代价。如果能够躲开对手的话，我会建议大家用自己的胆怯来面对它。怎奈它却让我们逃无可逃，避无可避，与它相遇成了每个人都必需的经历，它可不管你胆大还是胆小。

　　……

　　死神很可能已经等在某个地方准备迎接我们了，就让我们时刻准备着欢迎它的到来吧。如果你弄懂了死亡的价值，就等于弄清楚了什么才是真正的自由。学会死亡的人，就会拥有一颗自由的心，所有的奴役和束缚在他眼里也就微不足道了。当人参透死亡并非坏事这一真谛时，就可以在生活中的一切灾难面前做到泰然自若了。让人同情的马其顿国王在成为保尔·埃米尔【（前227—前160），古罗马政治家，曾征服马其顿】的俘虏后，派人到埃米尔那里哀求，不要将他作为埃米尔的战利品带回罗马。保尔·埃米尔答复说："让他一个人哀求去吧！"

　　而实际上，所有的事情，如果没有运气的垂青，运用再绝妙的方法都不易获胜。忧郁并不是我一出生就有的性格，但我们喜欢天马行空地去思索。死是我沉思时想得最多的事情，哪怕我还处于放荡不羁的时期。

在我的韶光滚着它的娱乐的春天。

——卡图鲁斯

时光一去永不复返，

任你如何呼唤都不回头。

——卢克莱修

对我而言，想象死和想象其他事情没有什么区别，我并不会因此而忧虑。一开始，我的心也被这种想象所刺痛。但是，当我的头脑对它过滤了数次之后，最终我将它变成了一种习惯。如果不这样做，我将天天被疯狂与恐怖包围。再找不出像我这般轻视生命的人了，也再找不出和我一样对生命的长短如此熟视无睹的人了。我的身体很健康，生病的次数屈指可数。可是生命在我心中的地位并没有因为健康和疾病而有所改变。我随时准备着：眼前的一刻就是我的最后一刻。所以，我一直告诉自己："过两天完成的事今天就完成了。"的确，机会和危险并不能拉近我们与死亡的距离；然而，假如我们细细思考之后就会明白，纵然没有对我们生命威胁最大的意外，但还是有许许多多的意外围绕在我们的周围。因此，无论你处在一个什么样的境地，死亡都并不遥远。正如塞涅克所说："没有谁比谁更脆弱，也没有谁比谁更能确定他的明天"。

临死之前，即使给我一个小时，也无法让我做完我要做的事。

……

或许有人会这样说：现实和想象之间有着很大的距离，纵然是最精湛的剑术，在实战中运用时，也免不了会出现失误。随便他们怎么说都行，未雨绸缪总是会带给我们很大的帮助。况且，视死如归、临危不惧，不正是伟大的行为吗？再说，运气也会对我们施以援手，帮助我们增添勇气。如果死神以一种迅雷不及掩耳之势进行突袭，我们连恐惧的时间都没有。假如不这样，我们又能怎么办呢？我发现，当疾病越来越凶猛地向我们进攻的时候，生命在我们眼中的分量反倒越来越轻了。在我看来，在身体健康时做死的决定，比身患疾病时做这个决定要难得多。我对生命的依恋感开始慢慢减少，趣味也开始慢慢丧失，此时，我

"无冕之王"恺撒的独裁统治引起了古罗马元老贵族的强烈不满。公元前44年3月15日，当恺撒走进元老院大厅时，被元老们所雇的几名刺客暗杀，身中23刀的恺撒永远地倒在了庞培雕像旁边。

对死亡的恐惧也没有原来那么强烈了。我从这种认识中，看到了未来的希望：在生命慢慢远去，死亡渐渐来临时，让我去认可它们之间进行的交接也变得更容易了。恺撒说，同一个事物，站在远处看常常要比站在近处看上去更大。相同的道理，疾病在身强体健、精神饱满时比在患病时更让我恐惧。我在头脑中臆想着它和我安逸快活的现实之间巨大的差距，这无意中将疾病带来的痛苦扩大了数倍，这个时候的它要比重担落在肩膀上时更让我们觉得沉重。我希望我们可以在这个认识的协助下习惯死亡。

......

这是一个可以解除所有痛苦的境界，人们却为此而深感痛苦，这是多么愚蠢啊！生可以带给我们万物的诞生，同样，死也会把万物的消亡带给我们。所以，因为百年后我们的逝去而忧伤，与因为百年前我们还未出现而痛苦一样，都是愚蠢的行为。死开启了另一种生。从前，我们为进入新的生活而做出了巨大的牺牲，所以我们就像现在这样痛哭流涕；但从前，我们也是以现在这样的方式脱掉了旧的躯壳，穿上了新生活的外衣。

短暂出现的事情是没有痛苦可言的，不要为那一时的事情而陷入如此长久的焦虑中去。无论活得是长是短，一旦死了，就没有什么区别了。事物本身都没有了，长短还有什么意义吗？亚里士多德说希伯尼斯河边的一些微小生物仅可以活一天。对它们来说，上午八点钟死，就是夭折，下午五点死，便是老死。可能每个人都会有这样的感觉：仅仅就因为这一瞬间的变化去谈论幸福与不幸这样深刻的主题，不免有些可笑。可假如将我们的生命与永恒，或者与河川、山岳、星星、树木，再或者与一些动物放在一起进行比较，活得长短就显得不值一提了。如此来看，我们不是也一样可笑吗？

……

死亡远没有空虚那么可怕，假如真的存在很空虚的事物的话。

你的生死与死亡并没有什么关系：生，只因你存在；死，因为你不存在了。

生命的期限未到，人是不会提前死去的。你生前就不是时间的主人，你死后也依然如此，而且不会与你有丝毫的联系。

回头看看吧，

那在你生前的祖祖辈辈的时光，

与你何干呢？

——卢克莱修

无论你什么时候死去，你的生命都是完整的、没有残缺的。生命的长短并非它的用途，它的真正用途在于如何去利用。很多人活的时间很长，却就像没怎么在世界上存在过一样。好好珍惜你活着的时光吧。决定你是否活够了的因素是你的意志，而非你生命的长短。你是否有过这样的想法：纵使一直努力向前，可还是永远到不了目的地？实际上，每一条路都留有出口。倘若说你的心会因为有人陪伴而感到欣慰的话，那么，全世界就已都陪伴在你的左右，与你一同前行了。

万物，当你死后，将随着你来。

——卢克莱修

......

　　既然已经陷入无路可退的境地，那就不要再退缩了。你也曾目睹过，有很多人是带着笑容离开这个世界的，因为他们知道，从此之后，自己就与那无尽的痛苦告别了。你见过郁郁而终的？你对一件你和他人都没有经历过的事进行批判，这样的行为是多么幼稚啊！你对我，对命运抱怨的理由是什么？我们有亏欠你的地方吗？你和我们之间，到底是谁统治谁？就算还没有到生命的期限，可你的生命也已经结束了。同大人一样，孩子也是一个完整的人。

......

　　我经常有这样的想法：我们能够从自己或者其他人的身上发现，与死亡出现在我们家中时相比，战争中出现的死亡反倒不让人感到那么恐惧了，既看不到陆陆续续赶来的医生，也听不到家人的号啕大哭。一样面对死亡，家境较好的人家要远比庄户人家或是穷困人家紧张、惶恐。老实说，我认为与死亡本身相比，这些原本我们拿来包围死亡的恐怖表情和琐碎、阴森的殡葬仪式更让人感到恐惧。它所呈现出来的是一种迥异的生活景象：至亲骨肉痛哭流涕，亲朋好友为此陷入震惊与惶恐，手足无措的佣人们脸色异常苍白，昏暗的房间十分幽静，摇曳不定的烛光下，医生和布道者们围坐在床头对我们进行叮嘱和说教。一句话，惊恐布满了四周。虽然我们人还没有死去，可实际

上就好像已经被埋葬了一样。小孩子因为看到自己朋友脸上的假面具而会变得惶恐。我们也是如此。我们应该彻底抛弃所有的面具。面具拿下之后，我们看到的将不再是恐怖的景象：站在我们面前的死亡，和几天前我们的某个仆人坦然接受的死亡并无不同。无须准备、不期而至的死亡让人感到多么幸福啊！

圣女贞德（1412—1431），法国民族英雄、军事家，天主教会的圣女。英法百年战争时她带领法国军队对抗英军的入侵，支持法查理七世加冕，为法国胜利做出重大贡献。但她后来为勃艮第公国所俘，并被宗教裁判所以异端和女巫罪判处火刑。

想象的力量

学者们都说："大胆的想象可以创造意外。"我总是能轻松地体验到想象力的巨大威力。每个人身上都蕴藏着想象力，可是不少人却因为它而变得魂不守舍。我的内心也受到了想象力的频繁攻击。为此，我进行了躲避，而非抵抗。只有看到身旁的人都很健康快乐之后，我自己才能安逸地生活。其他人吃苦受罪的情景映入我眼帘后，我就会变得烦躁、忧愁。我的感觉常常是从其他人那里夺来的。如果我旁边的人咳嗽不止，我的肺和喉咙就会躁动起来。对我并不怎么关心、敬重的人进行探望是我不愿做的事，但让我去看望我早应该去看望的人就更让我难受了。我在对那病症进行了长久的研究后，也在幻想中让自己得上了这种疾病。一些人由于恣意想象而患病、死亡，并没让我觉得有多么奇怪。

加吕·维比在探究疯病的本质和规律上投入了极大的精力，结果却让自己丧失了理智，而且无法治愈了。也许他应该告诉别人，自己的发狂是由于他太聪明所致。一些人在恐惧的阴影中产生了幻觉，以至于刽子手还尚未动手，自己就先吓死了。一个犯人在解开身上的束缚，聆听赦令时，居然为想象所击溃，死在了断头台上，枉自丢了自己的性命。

　　虽然夜晚在梦中发现自己头上长角的事情已经不再稀奇，可意大利国王居普斯的事还是值得一听的。白天，这位国王曾欣赏一场激烈的斗牛赛，晚上就梦见自己头上长出了角，次日醒来后，他还真把梦中之事信以为真了。克罗伊斯的儿子刚生下来时是一个哑巴，可是在经受了一场痛苦之后居然发出了声音【此事是在吕底亚最后一代王克罗伊斯（？—约前546年）去世的时候发生的】。安条克【（前324—前262/261），叙利亚塞琉西国国王。塞琉西国缔造者琉古一世之子（前292即位）】由于念念不忘美丽的斯特拉托妮凯【（？—前254），马其顿王国公主，塞琉西国王琉古一世的妻子，以美貌闻名，后琉古一世将其让给儿子】而导致发疯。大普林尼【古罗马作家】则告诉人们，自己亲眼看见了吕西·科西蒂在新婚之夜的变性过程。蓬塔尼【（1426—1503），意大利散文家、诗人、王室官员】等人也说，最近的几个世纪中，意大利也有类似的变性怪事发生。

　　童子伊菲实现了他做女孩时的凤愿。

——奥维德

　　在途经维特里勒弗朗索瓦时，我见到了一位由苏瓦松的主教引出的名叫日耳曼的男子。此人满面胡须，看上去有一些老，没有婚娶经历。他在当地可谓家喻户晓，所有人都知道他原先是个名叫玛丽的女人，22岁时才变为男人。根据他本人的说法，在一次蹦跳时，他用力过猛，导致他身上伸出了阳物。此事还衍生出一首歌谣，在当地十分流行。少女们通过传唱这首歌谣，告诫其他人走路要稳重，以避免像玛

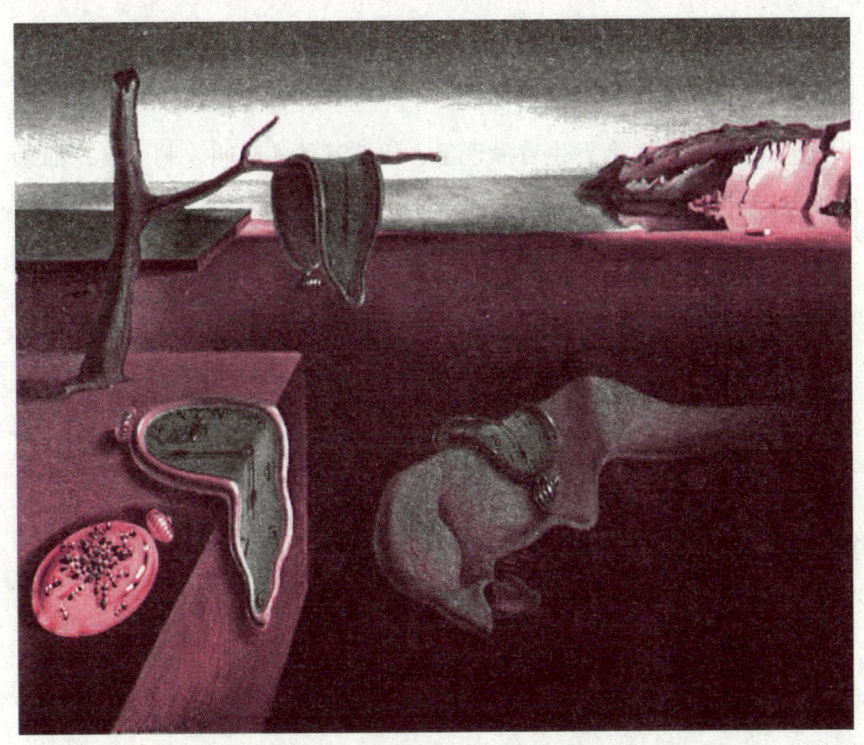

超现实主义画家达利的早期代表作。画中的一切都显得荒诞不经，画家以一种妄想的脉络和不近情理的方式来表达人们早已习以为常的生活规律和可知物体，观者的想象由此开始驰骋。

丽·日耳曼这样突然改变性别。其实，此类事情的出现并不稀奇。因为要是想象真的能对某事物产生巨大的影响，那它就会努力而恒久地作用于此事物。

　　一些人还说，达戈贝尔特国王【即达戈贝尔特一世（605—639在位），法兰克王国墨洛温王朝最后一代王】的伤疤和圣弗朗索瓦的烙印也是想象作用的结果。想象力还可以将躯体和意识一分为二。塞尔苏斯【（大约生于公元1世纪间），罗马最伟大的医学作家】曾说，他的灵魂曾跟随一位牧师进入了一个美妙的境地，在那里，他不再呼吸，肉体也失去了知觉。圣奥古斯丁也曾提到一个教士。这个人一听到悲惨的哭喊声就会发生昏厥现象，任凭其他人吼叫、刺、烙，都无法唤醒他，最后只能靠他自己醒来。醒来后，他会告诉人们自己刚才听到一些好像来自远方的声音，而且现在有种被掐过和烫烙过的疼痛感。他昏倒时脉搏、呼吸停止的样子说明，他并不是有意在与自己的感觉对抗。

也许世界上之所以有奇迹和种种异象，其原因正在于想象力的存在。一般人心灵脆弱，所以很容易就会被想象力所控制。任何事情他们都相信，哪怕是没有见过的东西，也觉得自己见到了。

……

受惠于想象力的帮助，有人在法国出乎意料地将他的颈淋巴结核治愈了，可他的朋友却带着疾病回到了西班牙【相传法国国王弗朗索瓦一世有治疗颈淋巴结核病的才能，他的手只要触碰到病人，就可以将疾病祛除。因而，不少身患此病的西班牙人都来法国让国王治病】。所以，只有事先预备好一个诚实的大脑，才能得到神奇的疗效。在治病之前，医生都会肯定地告诉病人，病绝对可以治愈。医生这样做是想让想象的力量成为汤药的有益补充。他们都牢记着他们的一位师祖在传世之作中留下的一句话：很多人一旦看见药，病就自然治愈了。

我还知道一个与此相似的事例。这故事来自家父的一位家庭医生。他是一个瑞士人，和我父亲有着很深的交情，为人诚实正直，不贪图虚荣，不善于说谎。据他讲，很久以前，他在图卢兹结识了一位商人。此人体质虚弱，患有结石病，经常要服用草药。他总是让医生针对他的病情开不少的药。服用前，他要在熬好的药前举行一套烦琐的仪式。他往往是先用手感受一下药的温度是否正好，然后仰卧在床，一切都是遵照喝药的程序进行的，但除了将药吞服下去。仪式结束后，药剂师退到一边，病人则躺在那里，此时他全身都有一种舒服的感觉，就如同真的将药喝下去了一样。假如医生认为效果不太好，就按照这样的程序再重复做两三遍。我的证人还信誓旦旦地告诉我，为

弗朗索瓦一世（1494—1547），被视为开明的君主，多情的男子和文艺的庇护者，是法国历史上最著名也最受爱戴的国王之一（1515—1547年在）。在他统治时期，法国繁荣的文化达到了一个高潮。

了省钱（虽然并不真喝药，可是药钱照样得出），病人的太太偶尔意欲将药换成温水，可是由于最终还是被病人发现了，所以没有取得很好的效果。既然如此，就只能回到原先的方法上去了。

一位妇人觉得自己吃面包时，将一枚别针吞了进去，于是大声喊叫，十分惶恐，看上去就像真的在喉咙中卡了一枚别针那样痛苦万分。然而，妇人的喉咙既没有变红变肿，也没有发现任何异常情况，所以，一位懂医的人就断定说，这完全是想象在作祟，仅仅是吞咽面包时戳了喉咙一下。因此他就让妇人呕吐，然后将一枚别针悄悄扔到

了吐出物中，这就让妇人相信别针已经出来了，因此她的疼痛感一下子就消失了。

一位贵族在家中款待几位有头有脸的人物。三四天后，他开玩笑（实际上纯属子虚乌有）说，他用来招待他们的馒头是用病猫肉做的。其中的一位贵妇听后，不仅感到恶心，还陷入了惊恐之中，又是呕吐又是发烧，导致无药可医。

通过上面的事例可以表明，人的思想与人的健康状况有着密切的关系。一个人的想象力不但会对自己发挥作用，而且还可以对他人产生影响，就好像疾病由一个人传染给了其他的人一样。痘疹和眼疾都是这种情况。

没病的眼睛看一下病眼便生病，

许多疾病都是这样传染的。

——奥维德

想象力一旦被激发出来，将会释放出巨大的威力。传说在远古时期的斯基泰王国【位于黑海北部，于公元前9世纪建立】，一些充满了怒火的女人，只用她们的眼神就可以将激怒她们的人杀死。乌龟和鸵鸟只要轻轻朝它们的卵瞟上一眼，就能将卵孵化出来。而巫师则被传他们的眼睛具有攻击性，对事物有很大的危害。

不知什么妖眼慑服了我的羊群。

——维吉尔

我从未相信过巫术。可是无论如何，到处都可以发现，不少女人在孩子还没有出世时，就开始幻想孩子的一切了：那个生下一个黑人的公主就是一个很好的例子【这里是说，一位白人公主生了一个黑人孩子，她因此以和一个黑人通奸的罪名被指控。医师希波克拉底（约前460—前337）认为，公主床前的一个黑人像导致公主生下黑人孩子。公主由此获得宽恕】。意大利比萨附近有一个浑身全是毛的女孩，她被人献给了波希米亚国王查理。按照女孩母亲的说法，导致这一切的根本原因在于女孩整日盯着床头挂着的圣·让·巴蒂斯像看。人如此，动物也不例外。例如雅各的羊群【雅各，犹太人的祖先之一，为能娶表妹拉基为妻，他给舅舅做了十四年的苦力。走之前，他剥下各种颜色的树枝，做成斑块状，放在羊圈前。羊群经过看见后，毛上也出现了各种颜色的斑点。后来，羊群被雅各赶回了家乡】和受到山峰顶部积雪影响而变白的野兔和鹧鸪。这段时间，有人在我家门前看到了这样的情景：一只猫和树上的小鸟会同时盯着对方看。没多长时间，小鸟居然从树上跌落死在猫的爪下。没人能弄明白，究竟是小鸟自己的想象让它沉醉了，还是猫对它产生了巨大的吸引力。有一个故事是打猎爱好者们所熟知的：一个猎夫发现天空中有一只老鹰，就设赌说自己可以只凭眼神就将老鹰射下来。传说他还真的做到了。我将这些故事引用到这里，纯粹出于我对那些将这些故事讲给我听的人真诚品质的信任。

　　我的这些陈述的依据都是理性的证据，并非自己的亲身感受。谁都能够将自己的例证添加进来，总可以找到事例的。因为在这个鱼龙混杂的世界中，总有让人意想不到的情况出现。

假如我的事例还不能充分说明主题的话，那就让其他人拿出更好的事例来证明这一点吧！

　　因此，在对人类习俗和行为进行探究时，一些虚构的证据只要存在出现的可能性，我就会将它视为真实的人和事来使用。无论是否发生过，无论发生在哪里，无论发生在谁身上，总之，它所展现的是人类的一种智慧和能力。我目睹过的世事都是这样，不少人能获得成功都是源于这种做事方式。在研究和利用那些材料时，无论是它的表面还是它的本质，我都同样重视。在那些故事留给人们的诸多教训中，我总是将其中最宝贵最有借鉴意义的那部分挑选出来使用。一些作家是以讲述发生过的事件为目的的，而我的目的则是把那些我所了解的存在发生可能性的事情讲给人们听。在哲学中，即使是在完全不同的事物间，也是可以对事物的相似性进行假设的。但我不会采取这样的做法。我那宗教式的拘谨性格决定了我会永远对历史保持忠诚，而且是万分的慎重。我所选取的事例，不管它是以何种方

雅各，犹太人的祖先，以撒的幼子，又名以色列的雅各。相传他与天使摔跤获胜，天使为他赐名"以色列"，意即"与神搏斗的人"。

式来的，我都原封不动地照搬而来，未敢有丝毫的篡改。如果我进行了歪曲，就会受到良心的谴责。然而，对于我个人知识有限所导致的错误，我唯有说抱歉了。

……

微信扫码

☑ 拓展视频　☑ 图文资讯
☑ 趣味测评　☑ 阅读分享

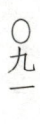

情感驱使我们追求未来

　　在一些人看来，人们好像根本无法控制未来，比起驾驭过去，它更难，所以他们将我们对未来的不断追求看成盲目的行为，还规劝我们要抓住现在的幸福去好好享受。这些人真是一下子就抓住了人类致命的地方。假如他们执意要把我们这种响应心灵的呼唤、完善自我的行为称为错误的话，那么我们从大自然那里所秉承的注重行动多于注重意识的做事方式，就像很多其他的错误那样，已经在我们的心中牢牢扎下了根。我们永远不会对现状妥协，永远不会停下追逐未来的脚步。忧虑、欲望和希望急切地要我们放眼未来，于是我们不得不将我们的注意力从眼前的事转移到未来，对未来的事物（甚至我们死后的事）产生浓厚的兴趣。

　　悬念着未来的心是不乐的。

——塞涅卡

柏拉图、塞涅卡和亚里士多德像

"做你自己的事，要有自知之明。"这句伟大的箴言曾是柏拉图勉励我们的话语。它的两部分内容对我们的责任做了总结，并且互相包含。做事业的人会清楚了解自己，弄明白什么是自己该做的事，这才是他第一位的任务。而有自知之明的人只会专注于自己的事，他会先做到尊重和热爱自己，对自己进行培养，阻止那些与己无关的、烦琐而没有意义的事来打扰自己，避免自己陷入四处奔波、疲于奔命的境地。正如西塞罗所说："纵然自己的愿望实现了，愚蠢的人仍然不会知足；聪明的人却会享受现在，永远不会不知足。"

在伊壁鸠鲁看来，急切地去预言未来，将心思放在未来不是聪明人应该做的事。

在诸多管理死者的法律中，我觉得最正确的一条是：君王功过由后人来评说。他们虽然不是法律的主人，但也称得上是法律的朋友；法律虽然不能限制他们的生命，可也会对他们及其后来人的声誉产生影响：我们的声誉比我们的生命更加重要。这是一种惯例。法律的践行给那些愿意奉公守法的民族带去很多特殊的利益，而明君也想让法律来约束自己的行为，因为他不想被后人评定为暴君。

本分让人们对一切君王都唯命是从。可是，任何人都不能以强制手段获得别人的尊重，尊重是给那些善德懿行之人的一种奖赏。从政治上来说，只要他们的主权还要我们来扶持，我们就得继续忍受他们失职的行为，将他们的罪行遮掩起来，甚至还得协助他们去完成罪行。但是我们之间不再是君臣关系的时候，我们就应该将我们的真实想法表达出来，把那些明知君主弱点，却依然忠心不二的忠臣的功绩讲给所有人听。因为后世需要一个好的典范去效仿、学习。而那些为了一己私利而去迎合奉承一个不应该夸赞的君王的人，他们的公道观是与大众的正义观相背离的。正像提图斯·李维【（前64—前10），古罗马历史学家】所说："王权支配下的人，从他们口中说出来的都是虚伪的语言，他们会竭尽所能吹嘘自己君王的伟大功绩。"

有两个士兵曾因为当面顶撞尼禄【（37—68），罗马皇帝，因残暴放荡而闻名，他杀害母亲、妻子，还是64年罗马纵火案的犯罪嫌疑人，常以车夫的形象出现在马戏中】而被人指责为轻视君臣礼节。尼禄向其中一个士兵询问他们伤害自己的原因，那个士兵告诉他："以前的你值得爱戴，所以我对你很崇敬。如今你成了杀母的罪人、放火的强盗，以及马车夫和戏子，我十分痛恨你，因为你只有让人恨的资格。"他又盘问另外一个士兵，那人说："因为要阻止你做坏事，除了这个方法我找不到更有效的办法了。"尼禄死后，因为他生前的专横、荒淫，人们纷纷指责他，他将永远承受后人的唾骂。此时，没有一个判断力正常的人再回去批评这两个士兵了。

斯巴达【古希腊城邦，于公元前9世纪建立，公元前5世纪成为希腊最强的城邦】是古代城邦的典范，但它一些做作的礼节还是让我感到厌恶。例如国王们死后，所有邻邦和盟国的奴隶们，不分年龄和性别，都会在额头上割出一道口子来，以表示他们的悲伤。而且，无论国王生前是一个怎样的人，他们都会为他哀号哭泣，还将他说成是最好的君王，表彰他的功绩，给他祈福，把他的名誉抬到顶峰。梭伦【（前638—前550），古希腊政治家和诗人，传说是古希腊七贤之一】说过：没有人

亚里士多德（前384—前322），古希腊斯吉塔拉人，世界古代史上最伟大的哲学家、科学家和教育家之一。亚里士多德一生勤奋治学，从事的学术研究涉及逻辑学、修辞学、物理学、生物学、教育学、心理学、政治学、经济学、美学等，写下了大量的著作，他的著作是古代的百科全书。

活着的时候就可以说自己是幸福的，只有那些经历过按部就班的生活且已经死去的人，才称得上幸福，哪怕他臭名昭著，哪怕他的后人承受苦难。亚里士多德对他的观点产生了质疑，就像他质疑所有事情一样。生前，我们可以做那些能给我们带来快乐的事；死后，我们就和世界再没有关系了。所以他告诉梭伦：如果死后才能拥有幸福，那人类就永远不会幸福。

　　谁也不会一下子死去，

　　谁都对身后寄予希望；

不能离开和抛弃死亡袭击的身躯。

——卢克莱修

......

我曾经从一位亲王那里听到过我的一个亲戚的故事，这个故事让我生气：无论是在战争时期还是在和平时期，我那位亲戚都有着很高的声誉。在他就要死在宫廷中的时候，他还强忍着结石病带给他的痛苦，用他那所剩无几的时间来精心筹划自己的葬礼。他让那些来看望过他的贵族都承诺一定来给他送殡；恳请前去探望他的亲王参加他的葬礼时要带上王室成员，为了证明这是他这种地位的人应该获得的待遇，他还说出了不少的事例和缘由。在亲王按他的要求做出了承诺，葬礼也安排妥帖之后，他才满意地死去。像他这样爱慕虚荣到如此程度，我是绝少听说的。

还有一种做法则与其刚好完全相反：临死之前还要对葬礼精打细算，连一个佣人和宫灯都不例外。这种人有很多，我的朋友中就有这样的例子。曾经有不少人十分欣赏此种做法，例如李必达【（？—前13/12），罗马政治家，公元前43年后统治罗马的三巨头之一】，由于他不允许他的继承人为他举办丧事而为后人所赞颂。可是，我认为这种做法虽然从小处控制花费和欲望，可它的本质不一定就是节制和勤俭，把它看成是一种新的标榜也并不为过。在我看来，假如必须要安排这种事的话，人们可以根据各自的意愿去做，就像他自由决定他生活中的其他行为那样。哲学家卢贡【（前300—前225），古希腊哲学家】曾经充满智慧地对他的朋友叮嘱，他们认为哪个地方最合适，就把他的遗体安放在哪儿。葬礼的花销，既不要太大，也不要过分节省。而我自己，完全遵照习俗来办，任由我所托付此事的第一个人去做主。西塞罗说："这是一桩对自己要忽略，对亲属要郑重的事。"圣奥古斯丁【（350—430），罗马帝国基督教会大思想家】说得好："葬礼的操心和排场，墓地的讲究，更多的是对活人的安慰，而不是对死者的保佑。"苏格拉底弥留之时，克里托问他如何安葬，他说："由您处置。"如果让我说的话，我觉得还可以做得更潇洒一些：仿效那些生前就要体验殡葬的气派，以观望自己印刻在云石上的死时的面容为乐的人。自己的感知可以因此而变得淡漠，又可以借此在生前就幻想出自己死时的样子，这难道不是一件蛮有乐趣的事吗？

……

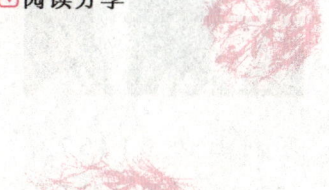

让意愿决定我们的行为

有这样一种说法：死可以将所有承诺一笔勾销。我明白不少人的行为是让人鄙视的。英王亨利七世【（1457—1509），英格兰国王（1485—1509在位）】与腓力一世【（1478—1506），西班牙的卡斯蒂利亚国王（荷兰国王）】立约。后者是马克西米连皇帝之子，说得更好听一些，他是查理五世皇帝的父亲。亨利七世的仇家白玫瑰家族的萨福克公爵逃到了荷兰，所以亨利七世要求腓力一世将此人移交给他，还保证自己肯定不会伤害公爵。可是，亨利七世去世前，却将杀害公爵写进了他的遗嘱，而且要求他的儿子在他死后就立即执行。

前不久，阿尔瓦公爵【（1507—1582），西班牙军人和政治家】在布鲁塞尔将霍纳和埃格蒙【（1522—1582），荷兰广受人们景仰的一位伟大人物，荷兰反对西班牙政策的早期领袖】两位伯爵杀害了。在这不幸的事件中，有很多地方受到了人们的关注，特别是：埃格

亨利七世（1457—1509），英格兰国王，1485年8月22日到1509年4月21日在位，都铎王朝的建立者。

蒙伯爵强烈要求先处死自己，原因是霍纳伯爵之所以肯向阿尔瓦公爵投降，全是因为听了自己的劝说，他希望能够用这种方法来弥补自己对霍纳伯爵的亏欠。

我认为，亨利七世的承诺不会因为他的死而抵消，而埃格蒙伯爵即使活了下去，他的亏欠也已经填平。在承诺非人力所能及的时候，就无所谓责任了。因为我们的权力根本就无法左右事情最后的结果，我们能够控制的仅仅是自己的意愿。人类对责任所做的一切规定都应该以自由意志为基础。因此，在埃格蒙伯爵看来，虽然他自己无法决定去实践他的承诺，可对于许下的诺言，他的心灵和意志也有责任去承担。有了这一点，就算他死于霍纳之后，他的责任也尽到了。与此相反，违背盟约是亨利七世有意而为之，虽然这件事是在他死后才进行的，可他的行为还是不容原谅的。希罗多德【（前484—前430/420），希腊历史学家】笔下的泥水匠与亨利七世是一样的性质：他对埃及国王一生忠诚，死守其主子的秘密，可在临死前却将它们告诉了自己的子女。

希罗多德（约前484—前425），古罗马时代著名历史学家，有着"历史之父"的赞誉，其著作《历史》在希腊史学史上是第一部堪称历史的著作。

我还知道一些这样的事例，有几个和我同时代的人霸占了他人的财产，后来良心发现，想通过遗嘱或是自己死后来弥补犯下的过错。然而，对于事情本身来说，这常常已经没有任何意义了。因为他们不是过于匆忙地了结了重要的事，就是只想用不大的代价达到为自己赎罪的目的。只有将他们真正霸占了的东西拿出来赔偿才是他们应该做的。赔偿的过程越辛苦，越让他们殚精竭虑，他们的灵魂才会越纯洁。所以说，忏悔是需要负重的。

　　还有一些人的做法更不能学。他们将自己对别人的仇恨埋藏在心底一生，直至临死前才将它们倾吐出来。这种做法表明他们对自己的荣誉毫不在意，说得严重一点，这是一种没有丝毫理性和良知可言的行为。化解仇恨至死都不是他们的长项，他们甚至让仇恨一直延续到了身后。这些法官是多么的自私啊，他们一直拖延裁决，直到自己失去了裁决的资格时才又来做最后的决定。

　　只要存在可能性，我生前未说的话，到死都不会说。

论隐逸

......

　　最难交往的是人，而最容易交往的也非人莫属了：与人交往难，是人身上的问题所致；而与人交往容易，则是人的本性使然。

　　安提西尼【（约前445—前365），古希腊哲学家，苏格拉底的学生】被人指责同坏人有联系，他答复说："医生和病人也经常在一起。"我认为对方不一定对这个回答感到满意。因为虽然要治好病人的疾病，医生必得尽心尽力，可他们还必须面对被疾病传染，自己的健康受到损害的风险。

　　那又为什么要对人群远远躲开呢？我觉得可以得出这样的结论，即唯有如此，人们的生活才会更安闲、更舒适。可是能实现这一目的的合法手段，人们并不是常常能发现。我们经常会认为自己已将各种烦琐的事务置于脑后，可实际上仅仅是换了一种形式罢了。管理家庭和治理国家的麻烦其实是一样多的。一旦心里有了惦记的东西，就会将全部精力投进去。虽然家务事小，可麻烦不会小。况且，生命的主要烦恼不会因为我们不再做官经商而远离我们。

使心灵趋于宁静的是智慧和理性，

并不是远离人世的海角天涯。

——贺拉斯

即使我们迁移到其他地方，野心、贪婪、彷徨、恐慌和淫欲仍然会陪在我们身边。

忧愁骑在鞍后跟随着骑士。

——贺拉斯

甚至我们到了修道院和哲学讲堂，它们也会尾随而来。沙漠、岩洞、玩牌、斋戒都无法解除它们对我们的纠缠。

他肋下带着致命的利矢。

——维吉尔

有人告诉苏格拉底，某人旅行归来后没有取得一点进步，仍然和以前一样。苏格拉底答复说："这很正常，因为他走的时候连毛病也一起带走了。"

赴异国他乡求的是什么？

不是逃避自我又何必背井离乡？

——贺拉斯

应该给心灵松松绑，让它轻松下来，否则它所背负的重担只会给它带来更大的压力。这就好比一条船，在它只承载一点东西时，它的速度就会变得很快。变换地方对病人来说，负面作用大于正面作用。就像木桩摇动越多就越牢固一样，病痛越是折腾，它侵入肌体的程度就越深。

希腊雅典学院的苏格拉底雕塑

因此，逃到一个人迹罕至的地方栖身是不够的，还必须将陈年陋习彻底抛弃，去除私心杂念，关起门来重新寻找自我。

你说："我已经如此这般挣断了锁链！"

不错，试看又拉又拽最后扯断了链条的狗，

逃跑中颈上还不是拖着长长的一段？

——佩尔西乌斯

我们背负着枷锁离开，就无法完全得到真正意义上的自由；我们仍然为了被我们抛到脑后的东西频频回首，那它就会常驻我们心中。

我们的心地不纯是多么危险！

我们要应付多少无谓的争斗！

怎样强烈的欲望将我们的心灵煎熬！

我们的骄傲、奢华与懒惰，淫荡与愤怒，

还要造成几多恐怖，几多灾祸！

——卢克莱修

我们的问题存在于灵魂之中，而灵魂也必须面对自己：

病在灵魂里，它如何逃避？

——贺拉斯

因而，真正的隐逸是对灵魂不离不弃，并将它藏于自己的身体之中。对你来说，在城市和宫廷里安居也不是什么问题，只不过离开更让你感到舒心。

如今，我们既然准备关起门来隐逸于世，那么就先让我们将自己的喜怒哀乐牢牢掌握在手中，让我们与这个世界脱离，去享受真正独立快乐的生活！

……

店铺后面都会有一个房间，我们也应该这样给自己留出一个空间，这是一个完全归自己所有的地方，它可以让我们充分体会到什么才是真正的自由，我们的心灵在这里随时可以过隐逸的生活。而且，我们还可以在这里悄悄与自己进行心灵的对话，任何将谈话内容泄露出去的可能都不存在。我们可以在这里自由而不受拘束地谈笑风生，就像妻儿、财产及仆从都不存在一样。如此一来，当真正失去他们的时候，我们就不会表现出任何不适应。我们的心能够自由伸缩，能够自己消除寂寞，能够攻、守、收、授，不必忧虑我们会在隐逸中陷入游手好闲的状态。

你要在孤寂中自成一世界。

——提布卢斯

......

　　既然我们已经没有贡献给社会的东西了，那就让我们同它分道扬镳吧。虽然不能借出，可起码也不用再去向别人借了。我们的气力已然耗尽。就省省力气，认真关注一下自己吧。任何能够甩掉自己对朋友和社会的责任的人，都可以这样去做。这样的话，他就会被看成是无用的人，被视为人们的负担，受到人们的厌恶。最起码不要让自己也这样看待自己是现在最应该做的事。要用宽大的态度来对待自己，抚慰自己，特别是要对自己进行劝说、开导。对自己的理智和良心要百分之百尊重，以至于走错一步就羞于面对它们。正如昆体良【（约35—96），古罗马修辞学家和教师】所说："确实，能够完全尊重自己的人并不多。"

　　苏格拉底说，对年轻人而言，只要有可能就应该多去学习知识；而中年人，有所作为则是他们应该努力达到的目标；老年人则应将身上所有的军民职务都放下，按照自己的想法去生活，不要让固定的秩序捆住自己的手脚。

　　那些敏感、理解力很差，没有多少毅力，且又不甘心受制于人或背负任务的人——我也属于这一类，生来就很适合去过隐居生活；而一些人态度积极而又忙碌不停，将所有事情都揽在自己身上，对一切都充满了热情，任

何时候都可以挺身而出、全身心投入。二者相比，有关隐退的劝诫更容易为前者所接受。那些具有偶然性特点、能让人一眼看到的有利因素，只要能够帮助我们，就可以拿来为我们所用，然而将它们作为我们的主要依据就不应该了。无论是理性还是天性都不应如此，我们没有理由背离它们自身所存在的规则，而任由他人来决定我们的幸福。所以，为了避免出现意外情况，有的人，例如一些哲学家和某些笃信宗教的人，将已经拥有的安逸生活抛弃，对自己进行放逐，以硬地面作为自己的床，将自己的双眼刺瞎，把财产丢进河里，自找苦吃（有的人是想用这种方法得到来世的幸福；有的人是想把自己置于最底层，好不再受沦落的痛苦）。道德在这种行为的推动下，走向了最高境界。还有一些人生性更执着、更坚强，他们会对自己的隐逸之地进行极为奢华的装饰，让人无比羡慕。

　　我虽不富有，却夸耀微薄的可靠财产，

　　一点儿财产，令我满足，

　　若更佳的命运使我发迹，我便要高声说：

　　只有将收入建立在肥沃土地上的人，

　　才是世间幸福和明智的人。

——贺拉斯

　　……

　　要过隐逸生活，就应该选择那些轻松又充满了新鲜和乐趣的事业，如果不是这样，那隐逸的目的就无法实现。这全由个人喜好决定。对我来说，家政管理绝对不是我的选择。就是以此为爱好的人，也应该把握好分寸。

要使财产为我奴，
毋使我为财产奴。

——贺拉斯

……

既然声称要过隐逸的生活，那对世外的情况无动于衷、袖手旁观好像也就顺理成章了。一些人仅仅是做了二分之一。他们也确实将所有事务不论大小都做了妥善安排，为以后的退隐做好了准备。可是他们在一种荒唐的矛盾逻辑的引导下，竟然还想要在隐退之后，仍然能够从尘世中享受到这些安排的成果。那些因为宗教的虔诚而意欲归隐的人，坚信他们给上帝许下的诺言在来世会变成现实。他们的想法要远比前者合理。他们心中始终装着上帝——这个善良、神奇的形象。因此，在憧憬

美好的过程中，就可以满足他们灵魂的要求。伤感、痛苦可以帮助他们求得健康和幸福；死亡与他们的愿望相一致，成为他们达到完美境界的途径。他们淡定安宁的态度很快就能消除法规带来的残酷性。他们禁止肉欲，所以肉欲就会在这种否定中慢慢淡化，及至最后潜伏下来，因为肉欲的持续是在实施肉欲中实现的。对幸福不朽的来世的追逐，让我们即使抛弃今生所有的安逸和幸福也感觉不到一点可惜。只要可以将心中这堆强烈的信仰与希望之火真正延续下去，就可以在退隐的过程中，为自己创造出凌驾于一切生活方式之上的快乐而美妙的生活。

……

最贤德、智慧的人，他的心总是坚强、充满了力量的，它能够为自己在精神上营造出一种完全安宁的境界来。而我的心则普普通通，所以我只有在物质安逸的情况下才能让自己不至于倒下。我的年纪将我最喜欢的美味已经剥夺得所剩无几了，所以我还得培养合适的喜好，好让自己的晚年能多些乐趣。要将那些还可以继续享受的生活趣味紧紧抓牢，它们正在随着岁月的流逝而一点一点地消失。

及时摘取这甜蜜的生命之果吧，

终有一天你将变成灰烬、幽灵和虚无。

——佩尔西乌斯

……

是否可以按自己的能力
来判断事情的正误

我们将头脑简单和无知看成是轻信于人和轻易为人说服的原因所在，这可能有一定道理。以前我好像就听到过，轻信好比我们心灵上的印记，心灵越是软弱无力，印记也就越容易刻在心灵上。西塞罗也说："如同砝码放在天平上会使天平出现倾斜一样，一目了然的事实一定是我们的思想倒下的方向。"心灵空虚肤浅的程度越深，用来平衡的力量越匮乏，心灵也就越容易接受别人的观点，只一次就够，心灵就会向那边倒去。所以，我们能够找到小孩、民众、妇女和病人的耳朵根最软，最容易被说服的原因了。然而，另一方面，那些在我们看来不真实的东西，被我们简单地就断定为错误，这是一种充满无知的自傲，是所有自以为是者的通病。

……

准确地说，促使我们对事物本原进行探究的动力是它的新奇性，而非它的伟大意义。

我们要用无上尊敬的态度来看待大自然的无限力量，而对于我们自身的愚蠢和弱点，则要老实承认，坦然面对。或多或少都有些让人无法相信的事，都从一些可信赖的人那里得到了证明；就算我们依然无法相信，但不匆忙给其定性也是我们起码应该做的；如果认定它们没有任何可能，其实就是在告诉人们自己知道哪里才是可能的界限，显然，这绝对是夜郎自大、目中无人的表现。假如我们能将不可能和少见、违反自然规律和违反常识间的差异搞明白，不盲目地相信，也不简单地不信，那我们的行为就合乎奇隆【古希腊七贤之一】的"没什么是过分的"的原则了。

……

乔尔丹诺·布鲁诺（1548—1600）因信奉和颂扬哥白尼学说，被天主教会活活烧死在百花广场。人们称他为"科学的殉道士"。

对自己无法理解的事采取藐视的态度，不但可笑，而且很危险。因为你认为的真假界线，就是在你无可挑剔的理解力之下划定的，然而当有一天，你发现你曾十分肯定的事，比被你否定了的那些更超出了你想象、理解的能力后，你一开始划定的界线此时就必须被打破了。现在的时代，宗教派别间纷争不断，天主教徒舍弃一部分信仰的行为使我们感到恐慌。他们在向敌人妥协，在一些条目上争执不下的时候，他们屈服于对方，还自认为表现了他们的善良和开明。然而，他们根本不清楚，他们从一开始就妥协，会使敌人发动进攻，而且会步步紧逼。何况，那些被他们舍弃轻视的条目，有时是非常重要的。或是完全屈服于教会的权威，或是干脆舍弃一切，按照我们的意志去选择服从的对象已经超出了我们的权利范围。

我不是在胡说八道，因为我亲身感受过。以前，我在给自己挑选教规时，也胡乱使用过同样的自由，那些看上去空虚无物和较为极端的教规并没有得到我的重视。后来，在和学者们交谈后，我方恍然大悟，这些教规都有着很大的来头，且意义很深远，区别对待它们是一种非常愚蠢的做法。我们应该好好反思一下，我们的思想中有多少自相矛盾的地方。不少事物在眨眼之间就从信仰的核心沦为了无稽之谈。虚荣和好奇是对我们的思想危害最大的两样事物，后者让我对任何事情都要插手，而前者则让我不顾后果地做出武断的结论，导致无路可退。

我们为何为同一件事又哭又笑

历史书上有记载，安提柯对儿子的行为很不高兴，因为儿子不仅将敌人皮洛斯国王杀死，还砍下他的首级，带到了安提柯的面前。他一看见这首级就痛哭起来。勒内·德洛林公爵在同查理·勃艮第公爵的交战中获胜后，居然因为对方的死而感到哀伤，甚至还为对方披麻戴孝起来。而在奥德战役中，蒙福尔伯爵将他的对手、和他争夺布列塔尼公爵爵位的查理·德布鲁瓦打败，可是当对手的尸体出现在他面前的时候，他却不由自主地伤心起来。我们无须为看到的这些情景感到惊讶。

就这样，普天之下，
心灵都在以不同的面孔掩饰内在的冲动：
悲伤时倒显高兴，高兴时反而悲伤。

——彼特拉克

据史书记载，当恺撒得到部下呈上来的庞培的首级时，他不忍心去看，于是马上回过头去。

彼特拉克（1304—1374），意大利文艺复兴早期的著名诗人和学者，人文主义的奠基者，早期资产阶级的艺术和道德观的建立是和他分不开的。

他们两个人曾一同管理国事，结成同盟也已经很长时间了，而且一起经历过苦难的日子。所以不要认为恺撒只是在装模作样，就如同另一位诗人所说：

> 当他知道此后可以高枕无忧，
>
> 便任他的眼泪尽情畅流，
>
> 从那满是欢乐的心，
>
> 迸出一声呜咽与呻吟。

——卢卡努斯

因为，虽然大多数时候做出的举止只是我们的一种伪装，可是下面的情况也的确是真实存在的。

继承人的哭泣乃是被掩盖起来的欢笑。

——普布利流斯·西鲁斯

可是不管怎么说，只有在了解了我们的心灵是怎样频频陷入各种感情的困扰当中的，才能对上面的事情进行评论。据说，我们的身体内部有很多完全相对的气质，其中主要的是那些依据我们的天赋而经常占据有利形势的部分。与此相同，多种多样的冲动汇集到心灵中，总会有一种冲动不受束缚地发挥作用。但是，它并没有处于绝对有利的地位。由于我们的心灵具有灵活、变幻莫测的特点，所以即使是最软弱的冲动偶尔也会来此，利用很短的时间，发动一次快速的冲击。所以，我们可以发现，经常因为同一件事又哭又笑的不单单是那些天真烂漫的孩子，我们中的随便一个人，无论他是多么急切地想去旅行，在与亲人朋友告别时，他都没有胆量吹嘘自己充满了勇气。就算他将眼泪憋在了心里，可在启程的那一刻，总会有一丝的失落涌上他的心头。

不管姑娘心中燃烧的爱情之火是如何的崇高，终究还需要人们将她们拽离她们母亲的身边，把她们交到她们未来夫君的手中。随便这位朋友想怎么说就怎么说：

> 新娘们难道同爱神有仇？
> 还是她们想骗得父母的欢心，
> 在入洞房的前夕虚假地哭泣？
> 不，我敢对着一切神明发誓，
> 这绝望，这眼泪，一切都不是真心！

——卡图鲁斯

因此，一个被所有人痛恨的人死后照样有人为他痛哭流涕也并不稀奇。

当我咒骂仆人时，我会死命地去骂，那是我真的生气了；可是心中的怒火熄灭后，假如他需要我的帮助，我仍然会很高兴地帮他，刚才的事情我会马上忘掉。在我用"蠢货""笨蛋"这样的词形容他时，并非要将这样的标签永远钉在他身上；而过了一会儿，我再用"老实人"称呼他时，这也的确不是对刚才错误的一种改正。没有一种品质可以轻易地将我们的一切总结出来。假如不是考虑到自言自语会被人看成疯子的话，我就会坦率地说，差不多我会天天用"可恶的笨蛋"来辱骂自己，可是请不要将这当成是我给自己下的定义。

如果有人在看到我对我的妻子有时冷漠，有时热情后，认为其中一种表现肯定是假象的话，我只能说他绝对是愚不可及。尼禄的母亲是他命人淹死的，可在他和母亲告别时，他的内心还是因为这次告别而受到震动，对母亲的尊敬和怜惜之情在他心中油然而生。

相传太阳光并非连续不断，我们之所以无法看出它们中的间隔，是由于我们身上的阳光是太阳连续投射造成的。

太阳这广袤宇宙之本，

时时把新的光华推向天空，

一批一批，分分秒秒不停歇。

——卢克莱修

同样的道理，所有的绝妙想法都是我们的心灵在悄无声息间发出的。

阿尔塔巴努发现侄儿泽尔士的神态转眼间就发生了变化，于是猛地抓住他询问其中的原因。泽尔士正在欣赏着眼前一个气势恢宏的场面：他那庞大的军队渡过赫莱斯蓬托【即今达达尼尔海峡】海峡进军希腊。看到数量众多的军队都听从叔父的调遣，他先是内心感到欢喜，然后又通过他的面孔将喜悦表达了出来。可是他又猛然想到，至多半个世纪后，这些众多的生命也都不存在了，于是眉头紧皱，落下了忧伤的泪水。

我们曾经靠着坚强的意志洗刷耻辱，并且在胜利的鼓舞下，我们的精神为之一振，而如今我们却在为它流泪。我们并非为此而哭。事情仍然和原来一样，仅仅是我们的心灵换了一种看待事情的角度，并想象它在接受另一副面容的审查。每件事情都同时存在数个侧面，数个方面。我们的想象会因为亲情、故人和友谊的影响而产生变化，会依据它们各自的分量被激发出来。然而，它们的整体形象变化之快，让我们不知该从何处去把握它们。

　　当心灵运筹和施行，

　　有什么比它更快捷迅速？

　　故思想之快，超过任何物体，

　　因为物体看得见也摸得着。

——卢克莱修

　　因此，如果我们硬要将各种感情连接成一个整体，那就会犯下一个极大的错误。蒂莫莱昂【（前410—前337），古希腊政治家。他的兄弟蒂莫芬是克林斯城的暴君，为了重新恢复国家民主，他将他的兄弟杀死了】在实施了自己精心策划的谋杀后痛哭流涕，他的哭不是因为国家重新回归自由的怀抱，不是为一个暴君，而是为了他的兄弟。作为一个赤子，他的责任已经履行，现在就让他去尽他为人兄弟的义务吧。

论友谊

......

　　或许是天性的原因，交友成了我们最喜欢做的事。亚里士多德就说，与公正相比，好的法官更应该重视友谊。我和拉博埃西的友谊是完美单纯的。世人的友谊总是要依赖欲望或利益、按照公共或个人的需要来培育和维护，要知道友谊中与它本身无关的原因、目的和利益越多，它就越谈不上美丽，友谊也就名存实亡了。

　　自古以来，友谊就是按照血缘、社交、慈善和男女情爱这四种来分的。不管他们是各自独立还是相互叠加，都与我所认为的理想的友谊相去甚远。

　　子女对父亲的感情成分中敬重更多一些。交流是友谊所需要的条件，而父子间并没有平等可言，所以这样的交流是不存在的。父子间的友谊很容易就和自然赋予的责任产生矛盾。让父亲将他心中的所有秘密告诉孩子是他绝对办不到的，否则孩子就会在父亲面前没大没小，有失体统；劝诫和指责父亲又是孩子所不能做的。但这二者恰恰是友谊所承担的最重要的责任。以前，在一些国家中存在着这样的风俗：为防止父子彼此妨碍对方，就父杀子、子杀父。很明显，一个的存在是以另一个的消亡为条件的。对于这种生来就存在的亲情关系，古代的一些哲人就持以藐视的态

马克思和恩格斯有着十分深厚的友谊，在长达近40年的合作中，他们同甘苦，共患难，互相关心，互相爱护，互相帮助，最终一起创立了伟大的马克思主义。

度。亚里斯卜提就是如此。有人问他是不是对孩子的爱促使他生下孩子的，他却用鄙视的态度答复说，即使怀的是虱子和蠕虫，他也依然会将它们生出来。还有一个例子能证明这一点，在说到兄弟之情的时候，普鲁塔克说："我不会因为他和我是同一个母亲而更加重视他。"

"兄弟"是一个美好的词，它让人从中感受到了无限的爱意，我和拉博埃西的感情就与兄弟之情无异。可是，财产的混合和分配，一个人变得富有却让另一个人陷入贫困，这些对于兄弟情来说具有巨大的破坏力，这种感情会因此被极大地削弱。在同一个范围内获取利益，彼此挤压和碰撞是兄弟间无法躲避的事情。况且，真正美好的友谊常常来自兄弟之外，而不是兄弟之间。如同父子那样，兄弟也可以有截然不同的性格。这是我的父亲，这是我的儿子，却也可能是个残暴之徒或是一个蠢货。而且，自然法则越要强行将这友谊塞给我们，友谊中的自由意愿就越少。而自由的意愿却是培育友谊最为需要的。对此，我有过很深刻的感受，虽然我的父亲是世界上最好、最宽容的，而且他到死都是这样对待我的，始终未变。说到父子情深、兄弟和睦，我的家庭称得上是典范，并且赫赫有名。

　　我对兄弟慈父般的疼爱有口皆碑。

——贺拉斯

　　……

　　实际上，把我们普通人所谓的友谊说成一种机缘巧合的结识和亲近更为准确，它们作为一种桥梁帮助人们走到一起。而在我对友谊的描述中，我们的灵魂交融是如此彻底，几乎完全一致。如果有人强迫我说出喜欢他的原因，我觉得不好回答，只能说："因为是他，因为是我。"

　　我和拉博埃西能结下如此深厚的友谊，除了我可以讲清楚的原因之外，还有一种无法解释、上天安排的力量发挥了作用。在见面之前，我们就根据别人对对方的描述，开始彼此寻找，并且违背常规地对对方生出了好感。我认为天意如此。我们借助名字给对方以拥抱。我们的首次碰面是在某次市政重大的节日上，犹如老友见面一般，直为迟来的相见而愤恨。之后，我们亲密无间，无人可比。后来拉博埃西发表了一首优美至极的拉丁文诗。在诗里，他解释了我们的友谊如此迅疾地达到完美的原因。我们结识之时都已成人，他大我几年，此时已经没有更多的时间让我们挥霍，让我们按照普通人的做法，谨小慎微地慢慢交往了。我们的友谊不存在学习的榜样，纯粹是一种崭新的模式。这不是一个两个、三个四个，或者一千个特殊的要素，而是一切要素混合而成的一种结晶。我们彼此掏空对方的意志，引导对方陷入自己的意志，迫不及待，心领神会。我们的意志真称得上是"融合"了，因为我们无所保留地献出了自己的一切，并且已经不分彼此了。

......

居鲁士一世（约前559—530在位）是古代波斯帝国的缔造者。他所建立的帝国改变了古代世界的政治体系。

不要将一般的友谊和我所谈的等同起来。我也拥有过普普通通的友谊，而且表面上看来没有一点瑕疵，可是它里面却存在着不小的差异。如果将它放在同样的标准下去审视，无疑犯了一个巨大的错误。被普通的友谊所包围，小心翼翼地前行时要死死抓住缰绳不松手，还要时刻做好缰绳断裂的准备。奇隆说："爱他时要想到有一天会恨他，恨他时要想到有一天会爱他。"用这种训示形容上面所说的那种无比崇高的友谊只会让人憎恨，但对于普通的友谊来说却不无裨益。用一句亚里士多德的名言形容后者再合适不过："啊，我的朋友，世界上并没有朋友。"

对其他友谊而言，利益和效命有助于它们的成长，但在我所说的高尚的友谊面前，它们毫无价值，因为我们的意志已经完全融为一体。如果有需要，我也会请求朋友的帮忙，可不管斯多葛派提出怎样的说法，都无益于增加我们的友谊，我也不会为了获得的帮助而沾沾自喜。因此，与这样的人成为朋友才是最理想的，因为它不会受到责任的困扰。而像恩惠、义务、感激、请求、感谢等这些能招来争论和异议的词语，特别让他们痛恨，更甭提在他们之间出现了。实际上，他们一起享有着他们之间的一切——梦想、思想、意见、财产、妻儿、尊荣和生命。亚里士多德对他们的结合给出了一个准确的定义，即一个灵魂由两个躯体来分享。所以，对他们而言，就根本没有索取这一说。立法者将这种神圣的结合作为对婚姻的奖赏，原因也正在于此。他们不允许夫妻之间出现立证书、馈赠这样的行为，他们想通过这种方法提醒人们，所有事物都是夫妻共有的，任何东西都不能被分开或由一方单独享用。在我所论述的友谊中，如果一方能够馈赠另一方，那么接受好处的那方就是对同伴施了恩泽。因为双方都希望自己能替对方做一些事情，他们对这件事的渴求程度超过了对其他事的渴求。如此一来，提供这一获益机会的人就以宽容大度的施主形象出现了：让朋友的最大愿望得到满足，就是将恩泽赠予朋友。

……

一句话，除非你亲身经历过这种友谊，否则任何人都无法在想象中找到答案。一位年轻士兵对居鲁士一世的应答颇得我的欣赏：他的马刚刚赢得了比赛，居鲁士就向他询问马的价钱，还拿一个王国来交换，问他是否愿意，士兵对居鲁士说："当然不，陛下，但倘若我能找到一个值得我结交的朋友，我倒是很乐意用马去换他。"

说得很好，"倘若我能找到"。确实如此，如果是找一些泛泛交往的人，那轻而易举，可是我们所说的交往，是要毫无保留地进行心与心的交流。自然，所有行为的动机都必须清清楚楚，确切可靠。

……

古代诗人米南德说，只要能碰到朋友的影子，就称得上幸福了。这话说得非常准确，特别是他对此深有体会。感谢上帝，我的生活很快乐、很安逸，除了为失去这样一位朋友而感到伤心痛苦外，我心如止水，因为最简单的需求就能带给我满足感，对额外的，我从未有过任何想法。然而，说心里话，如果用我的一生和有那位知己陪伴的四年进行比较，我觉得它再长也是空虚、无聊的。

　　这一天，上天要它永远圣洁，
　　对于我此后则是永远悲怆。

——维吉尔

　　自他离我而去的那天起，我萎靡不振，艰难度日；生活中的娱乐不仅没有安稳我的心灵，反倒让我更加想念他。从前，无论什么东西，我们都是一人一半，而今我觉得他那一半是被我强行夺去的。

　　我不想再尝试任何快乐，
　　因为他已不在这里同我分享。

——泰伦提乌斯

　　无论在何处，我都将自己当成是第二个一半，这已然成为我的习惯，我从内心将自己看成是半个人。

　　啊！命运已把你带走，
　　你，我灵魂的一半！
　　我为什么还在这里滞留，
　　带着一颗枯竭的心，
　　像一座破碎的神龛的残片，
　　不，你死的那一天我已共赴阴冥！

——贺拉斯

　　无论是白天还是在梦中，我都会责备他，换成是他也会这样做。他的能力，他的道德，都远远胜过我，而在履行友谊的责任上，他也依然如此。

　　为什么我不敢尽情哀哭

　　一个这么亲的心腹朋友?

　　兄弟呵,失去你,我是多么不幸!

　　你的死捣碎了我一切欢娱。

　　你的友谊所孕育的幸福,

　　刹那间都随你一同消失!

　　你的坟茔取走了我们共有的灵魂。

　　我整日昏昏沉沉,不思不想,

　　无心再同一切艺术女神会面。

　　难道再也不能同你说话,

　　再也听不到你的声音?

　　啊!比我生命还要珍贵的兄弟,

　　难道从此只能在心中永远爱你?

——卡图卢斯

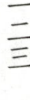

论饮酒

......

实际上，罪恶跟任何事物一样，都是五花八门的。如果以为罪恶毫无性质上的差别和轻重程度的区分，是很危险的。不然就太便宜杀人犯、叛徒、暴君了。不能因为别人慵懒、好色或不忠诚，就原谅自己的错误。人们总是对别人的罪恶耿耿于怀，对自己的罪恶却视而不见。我认为，即使是教士也不会按情节轻重区分罪恶。

苏格拉底说，分辨善恶是智慧最重要的职责，可是我们当中，即便是最好的人也都犯过错，所以要对不同的罪恶进行正确的区分，否则就不能分辨好人与恶人。

我以为酗酒属于严重和暴躁的罪恶范围。人一旦酗酒，就会失去理智。有的罪恶中包含了常人少有的豪迈（虽然本不该说这样的话）；有的罪恶夹杂了智慧、灵巧、勇气、谨慎和高明，可酗酒却完全是肉体的、低俗的。因此可以说，现在世界上哪个国家最推崇酒，哪个国家就最低俗。别的罪恶摧毁心性，可酗酒既损害智力，又残害身体。

美酒入肚，恶魔攻心。

四肢发沉；两腿木然，索索发抖；

舌头打结；目光游移不定；

神志不清；喊叫、争吵，打滚、撒泼。

　　——卢克莱修

　　人一旦丧失理智或不能自控，就会丑态百出。

……

　　可是，我的兴趣与品味远比我的理智更厌恶酒的味道。虽然我的想法在很多方面都极易受古人影响，但这个问题却例外。我认为饮酒是一种空虚和蠢笨的罪恶，只不过没有别的罪恶凶恶，危害程度不那么昭著而已。别的罪恶几乎都会直接对社会造成损害。所有的坏习惯在给我们带来快乐的同时，也使我们蒙受损害。我认为染上这个坏习惯跟染上别的坏习惯相比，不会受到那么多良心上的谴责。一个很重要的原因就是这一切很容易就能得到。

……

　　人们总说，追求欢快需要有更充足的空间。比如店员和工匠们就一定会抓住豪饮的机会，实现这个愿望。现今，这个风俗似乎不像从前那么流行了。我小时候，我们家比现在更盛行午宴、晚宴和点心。

……

　　贪慕虚荣、得意忘形是人类的共性。世界上最审慎正直的人，在其一生中也会花费大部分时间去改正这些缺点。一千个人中也很难有一个这样的人——他能在一生中的某个时间坐得端正、站得挺直。况且人的本性让我们不确信这是否真能做到。因此有人说，一个人最大的美德是能从始至终；可是我认为即便没有大事发生，也会有成千上万个突发事件摧毁这美德。大诗人卢克莱修的哲学词汇的哲理深刻，谁不称赞呢？然而他一旦喝下爱情的美酒，也会丧失理性。你一定能看到，患了中风的苏格拉底也像脚夫似的神志不清。有些人得了病后甚至连自己的名字都忘记了，有些人就算受点轻伤也会丧失判断力。无论智慧多么高深，人终归是人，没有一样东西比人更易衰老、更柔弱、更可怜。而智慧在这种境况下，也力不能及。

处境让人恐惧，

于是我们冷汗淋漓，脸孔苍白；

舌头抖索，声音微弱；

目光模糊，耳朵嗡鸣，四肢无力。

总之，一切都没有了主意。

——卢克莱修

我们被情势所迫时会不停地眨眼睛；被推到悬崖边时，大人也会像孩子那样悲泣。这都是因为人的本性。本性为了展示自己的威力，保存了这些细小的反应。可就算我们拥有理智和斯多葛派的道德，也不能将其克制并代替。这恰恰说明了人容易腐败和狂妄的特性。他羞赧时脸会红，畏惧时脸会白，患了急性痢疾，轻则低吟，重则号哭。

他想，人的一切对他来说都不陌生。

——泰伦担乌斯

人们明知道诗歌中的一切都是虚拟的，却还是情不自禁地泪如雨下。

他边说边哭，放开缰绳任其漂流。

——维吉尔

人们对于天性，只能抑制，却永远也不能将其消灭。即便我们的普鲁塔克把人的举动研究透彻，当他看到布鲁图和托尔夸杜斯杀害亲生儿子时，也会不由发问：人的道德竟然允许这样？他们是不是被其他情欲控制了？我们总是把这些千奇百怪的行为说得阴险可怕，是因为不论那是超出常性，还是低于常性的，只要是不合常性的，我们都会拒绝。

马可·奥勒留（121—180），古罗马帝国皇帝，斯多葛派著名哲学家。他经历了古罗马帝国的由盛转衰，在四处征战的马背上写下了流传至今的哲学名著《沉思录》，被誉为古罗马唯一的哲学家皇帝。

我们暂且不提另外一个赞扬高傲的学派。可是，我们就算在那个被公认为最宽容的学派里，也能听到梅特罗道吕斯慷慨激昂地说："啊，命运，我走到你前面，跟你保持距离，我阻断你的所有进路，不让你靠近我。"

……

当我们听到安堤西尼提出的，被斯多葛派奉为宗旨的"我宁可震怒，也不愿沉迷"；当塞克斯蒂厄斯说，他宁可清醒地承受痛苦，也不愿醉生梦死；当伊壁鸠鲁说即便被风湿折磨得痛不欲生，也不会休养治疗，他甚至还祈求病痛来得更猛烈些，对微小的痛苦漠然置之，还宣布——快快出现值得他去战胜的大灾难吧！

　　他不把小猎物放在眼里，希望撞见一头口吐白沫的野猪或凶兽。

——维吉尔

　　这是一名卓越的勇士的咆哮，所有人都这样认为。按常理，这种境界是我们的灵魂无法企及的。只有灵魂超越常规，慢慢升华，才会引导人取得令自己都惊讶的成就。如同在战场上，激烈的战争会令战士们热血沸腾，把生命置之度外，勇往直前。而当战争平息后，他们回想起自己的行为会害怕不已。类似情况也会出现在诗人身上。当他们灵感乍现时，会妙笔生花，而过后他们自己也会为这样的神来之笔感到惊异。这也被称为他们内心的激情和嗜好。柏拉图说，沉稳的人无缘诗歌；亚里士多德说，如果灵魂宠辱不惊，那么它称不上真正的崇高。所有高于常规的激进的言辞和行为，不论多么值得赞颂，都可以称之为痴狂。特别是智慧，它能调节我们的心灵，并用心灵来引导我们循规蹈矩地行动。

　　柏拉图还证明，常人正是因为不能自我超越，才缺乏洞悉未来的本性的。假如有一天所有人都具备了这个本性，那么代替谨慎小心的，不是睡眠、病痛，就是灵感。

我们的思想如何自陷困境

这是件很有趣的事情——想象人的思想左右摇摆于两种具有相同吸引力的欲望中。他一定永远也做不出抉择，因为偏向和选择就表示对事物有不公正的评判。如果在我们遭受饥渴煎熬时，不得不在一瓶酒和一个火腿中进行选择，那么，毫无他法，我们只能渴死、饿死。

有人曾这样问斯多葛派的学者：在两个毫无差别的事物中，我们的内心是被什么驱使而进行选择的，比如在一大堆钱币中，我们为何独独选这枚而不选那枚？它们完全相同，我们没有任何理由倾向其中的哪一枚。他们的回答是：思想的活动是超常规而无规则的，外来的、不经意的、无法预测的因素会通过推动它们而影响我们。

我认为，应该这样解释：有些东西即便在我们眼中一模一样，它们之间也存在某些差别，尽管这种差别微乎其微。在视觉或触觉上，一个东西总会有深深吸引我们的地方，尽管我们自身都尚未发觉。同样，假如我们以为一根绳子上处处牢固，那它就不会断裂。因为它没有可能断裂的地方，而每个地方同时断掉的情况，是违背自然法则的。

我们不妨再谈论一下几何定理。有些定理通过毫无疑义的论证而得出结论：内盛物比容器大，圆心等于圆周，两条距离越来越近的直线永不能相交，不存在因果关系的点金石和化圆为方的问题。也许从中，我们能得出一种用以支持大普林尼大胆论断的论据："只有无法确定的东西才确定无疑，只有人是最自负、最可悲的。"

我们领略不到任何纯正的东西

因为我们与生俱来的弱点，我们无法利用那些单一而纯粹的东西。我们拥有的东西都是发生了改变的。比如金属，纯金的东西只有掺进某些杂质，才能为我们所用。

无论是单一道德——阿里斯顿和皮浪以及斯多葛学派所尊奉的生活准则，还是昔兰尼学派【希腊道德哲学派，活动于公元前3世纪，认为眼前的快乐就是道德准则。亚里斯提卜通常被认为是该学派的创始人】和亚里斯提卜提倡的快乐，不进行重组同样不能发挥作用。

我们的欢乐和幸福，都掺杂了悲伤与忧愁。

从快乐源泉中冒出的无名的伤感，
会让你在最快乐时焦虑不安。

——卢克莱修

极度的快乐与哀号和叹惋相似。正如你经常说的，快乐死了。甚至我们尝试更加精准地描绘它的形象时，总会为它添加一些异常和痛苦的修饰词：垂头丧气、无精打采、精神不振、无能为力、痛不欲生。这极好地说明：极度快乐和这些修饰词之间有血亲关系，本质相同。

极度快乐时，庄严大于欢快；极致的、非常的满足，沉静大于兴高采烈。正如塞涅卡所说："乐极生悲。"快乐也能给我们带来伤害。

希腊的一句古诗也表达了此意："诸神所给予我们的任何快乐，都不是无缘无故的。"也就是说，诸神赏赐给我们的快乐并不是纯正而完美的，这种快乐的获得，需要以痛苦为代价。

痛苦和快乐，其本质大相径庭，但在某个点上却彼此贯通。

……

大自然在我们面前展示了这种杂乱的矛盾：皱纹在画家笔下，既可以被画成哭脸，也可以被画成笑脸。当然，在画家画成这张脸之前，你去看他作画，大概也判断不出画的是笑脸还是哭脸。高兴到至极，或许会泣不成声。而就像塞涅卡所说："所有的痛苦都有补偿。"当我假想一个人沉浸在快乐中，心满意足时，我觉得他会变得懒散、懦弱，这种纯正、完美、长久的快乐，他肯定无法承受。是的，人过于快乐时，就会想方设法逃脱，立即寻找出路，就像要躲避掉一个海峡——因为在那里，他或许会变得软弱，他不想被融化。

当我认真反观自己时，我发现自己最美好的品质也带有邪恶色彩。柏拉图如果认真审视自己（他确实这样做过）最崇高的品德（我和大家一样，对这种高贵品德和其他类似的美好品德，都会给予诚恳而公正的评价），他会发现这种品德也不是纯粹的，其中隐含着其他色彩，而这唯有他自己才能发现。人的确是个七拼八凑、色彩斑斓的混杂体。

法律如果不掺杂某些不公正成分就不会存在。柏拉图说："不要奢望法律能消除所有邪恶的、令人憎恶的东西，那无异于砍许德拉【希腊神话中的九头蛇，它的头斩一个长一个】的头，砍下一个又长出一个新的来。"塔西陀说："任何警示性的惩罚，对个人可能不公正，可是对国家却大有裨益。"

　　同样，我们的头脑在生活和社交方面，或许过于单纯和灵敏。头脑灵敏，就会过分好奇，追根究底。我们只有让思想变得愚钝迟缓，才能符合常规；只有让它变得浑浑噩噩，才避免被人世的邪恶损伤。确实，有些人的思想十分淡然、松弛，反而更适合处理公众事务。在现实生活中，伟大而卓越的哲学思想总是行不通。思想灵敏，分析问题详尽深入，会变得神经兮兮，很难处理好人际关系。世事烦冗，不必总是小心谨慎、精雕细刻，不妨把很多事都留给命运女神去处理。不要把事情说得太清楚。如果总是对各种矛盾都追根溯源，考虑得面面俱到，反而毫无头绪。就像李维所说："他们的头脑总是执着于寻找种种矛盾的解决之道，最终却被弄得焦头烂额。"

　　……

论否认说谎

......

　　不过，现在的风气很坏，我们甚至无法对任何人谈论别人，又怎么能对其他人谈论自己呢？而说谎又是没必要做的事情。风气糟糕的标志就是不尊重真理，正像品达罗斯所说，尊重真理是一个伟大的人必备的品质。柏拉图在《理想国》中也说过，在政府必须履行的准则中，第一条就应是尊重真理。我们现在所说的真理并不是真实的存在，而是别人的思想，正如金钱一样，除了真的货币外，也包括正在流通的假币。这是我们整个民族的缺点，很早就有人抨击过它。早在瓦伦提尼安三世【（419—455），罗马皇帝】时代，萨尔维努斯【（390—484），法国基督教历史学家】就曾经说过，在法国人看来，说谎和立伪誓只是一种说话的方式，并不算是缺点。那么我将这句话延伸一下，则可以说，法国人的这个缺点现在已经成了真理。人们正以此为楷模培养和训练自己，甚至把它看成是体面的事。如此一来，不真实的、独立的思想就成了这个时代最明显的优点。

　　因此，我一直在想，当有人说我们不说真话（这已成为常见的缺点），为什么我们会比听到其他任何指责更加愤懑；是什么造成了这种现状；指责我们不说真话究竟为何让我们感到难受。我是这样认为的，我们一直都清楚，这个弊病存在于我们身上很长时间了，自然最不希望被人披露。听到这样的谴责，我们万分惭愧，愤怒不已，似乎这样可以减轻自己的罪过。既然这弊病是真实存在的，那么，简单指责一下并不过分吧。

莫非还因为谴责这个弊病就意味着谴责我们怯懦和软弱？还有什么比推翻自己的论述和否定自己的见解更胆怯而懦弱呢？

说谎是一种可耻的行为。有一位古人曾十分愤恨地描述过说谎，他说，这是藐视上帝和畏忌群众的表现。这是对于说谎的丑陋、可耻和荒诞性最深刻的描述了。确实是这样，你还能找出比畏忌群众和藐视上帝更丑恶的行为吗？言语是人与人沟通的唯一桥梁，所以，说谎话就是对群众和整个社会的背叛。言语是人们沟通思维和想法的唯一途径，是我们内心的传声筒：如果失去了它，人与人之间将无所维

阿塔雅尔帕（约1502—1532），印加帝国最后一个帝王。1532年，阿塔雅尔帕被西班牙殖民者皮萨罗处以极刑，印加帝国400年多年的辉煌历史也宣告结束。

系，更不会相识。如果我们被言语所蒙骗，那就等于破坏了与他人的一切联系，打破了整个社会的链条。

一位通达的希腊人曾经说过，孩子玩骨头，大人玩话语。

至于人们在否认说谎时所做出的种种行为，这是由人们对于道德和信誉的不同定位，以及这种定位所经历的改变所决定的，我会在另一篇文章中讲述。不过，如果有可能，我会去研究否认说谎时的狡

辩能力是从何时培养出来的，以及认为说谎与名誉无关的想法是从何时产生的。因为很容易做出定论，古罗马人和古希腊人一定没有这种能力和想法。我经常见到，他们在互相驳诉和责骂时，总是能争吵起来。这种尽心尽力的行为与我们有很大区别。面对着恺撒本人，罗马人有时都会称呼他为小偷，有时还叫他酒鬼。你看，他们（我这里讲的是这两个国家最伟大的将领）相互责骂、训斥，无拘无束。只用言语来回答或反击，不会引发别的后果。

托勒密一世

万物皆应顺时宜

一些人总是把任监察官的加图和最终自杀而亡的加图进行对比，这是在探究两个较为相似且都很崇高的灵魂。大加图【（前234—前149），古罗马政治家、作家，曾任执政官、监察官等】很有军事能力，并在处理公众事务方面一直表现很好，做出了举世瞩目的业绩。小加图【（前95—前46），古罗马政治家、思想家】魄力无比（这一点，任何人都不能与之相比），而且品德高尚——在这方面，大加图稍逊一筹。因为众人皆知大加图的妒忌心和野心。他居然攻击西庇阿，企图跟他相比。然而西庇阿十分仁慈和博爱，方方面面都超凡脱俗，这是大加图和他那个时代的人谁都比不了的。

对于大加图的生平事迹，人们津津乐道的是他晚年才开始学习希腊语，并且极为疯狂，十分努力。然而我却不以为然。我认为这正是老人们的无聊行为。万事都应顺应时宜，不管是好事还是坏事。例如，念祷文是好事，但有时也会不合时宜。弗拉米尼努斯【（前227—前174），罗马将军、政治家】就做过这种事：有一次，在战争开始之前，作为主帅的他，竟躲在角落里向上帝祈祷。虽然这场战争最终获得了胜利，但他仍被大家指责此事做得不顺应时宜。

聪明人甚至做善事也适可而止。

——尤维纳利斯

欧德库尼达斯看到色诺克拉特在晚年的时候还在费尽心力学习学校的课程，十分感慨："他现在还在学习，什么时候才能学通呢？"

很多人都很敬佩托勒密一世【（前367—前283），埃及国王】，因为他每天都会坚持操练武器，以锻炼身体。然而菲洛皮门却反对他说："到了这种年纪的国王还在练习使用武器，根本不值得称赞。他早就该拿着武器上战场了。"

很多哲人认为：年轻时要打好基础，等年老时享受成果。他们认为，人类的劣根性就是无穷尽的贪婪，人们总是不断地开始自己的生活。欲望和梦想本该与年纪相称，但没有多少人能意识到这一点。甚至我们的一只脚已经迈进了坟墓，还会产生新的欲望和渴求。

> 行将就木时你请人造坟建墓，
> 竟然忘记了是造墓，
> 为自己建造的却是华宅。
>
> ——贺拉斯

我的计划没有超过一年的。我想到的只有离开人世。我放弃所有新的欲望和追求，向我曾经走过的地方一一告别。每天我都要抛弃我所拥有的事物。

回首来路，我无所得亦无所失，行囊的储备支付所剩的旅程绰绰有余。

> ——塞卡涅

进入晚年，使我困扰的种种欲望和追求都消退了。我不会再留意历史发展的进程，不会再为金钱、名利、地位、见识、健康，甚至我自己而操劳。我将肩上的一切重担都卸了下来，生活十分悠闲。

有人在应该懂得保持沉默的时候，却开始学习讲话。

无论什么时候都应该学习，但不应是为了学习而学习：年老体衰时还在识字，岂不可笑！

不同的人有不同的爱好，

不同的事物适合不同的年龄。

——韦加卢斯【古罗马诗人】

如果非要学，那就学一些适合时宜的东西，这样我们就能够像那位古人一样解答问题。有人曾问他，年老体衰的时候为什么而学习？他回答："为了更开心、更舒服地逝去。"

小加图在死前的那一刻仍在学习柏拉图的灵魂永恒论。然而，他不是因为对死亡没有准备。恰恰相反，他早已选择了死亡。他自信、坚定、顽强、见多识广，从柏拉图的书中可以看出柏拉图在这一点上远比不上他。不错，历史上真的鲜有胆识和毅力超过他的哲学家。他如此努力学习，并不是为了更好地死亡，只是不想做其他事情，也没必要改变自己的习惯。他继续做着自己平常做的事——看书和学习，正如人们不希望别的事情打扰自己的美梦。小加图被罢去法官职位的那一晚，一直在尽情玩乐；他自杀的前一刻，仍然在学习。在他眼中，死亡和被免职是一样的。

谈三种交往

　　人不应当过分地将自己局限在自身的格调和性情中。我们最重要的能力应该是学会适应社会。把自己绑在单调的生活方式上无法脱离，这不是生活，只能称之为生存。越是出类拔萃的人，越是全知全能、善于改变。

　　大加图就是很好的例子，下面有一段关于他的可靠而真实的描述。

　　他的思维灵活，善于从事任何活动，无论他干什么，都像是专门为干这一行而生的。

——李维

　　如果一个人如何培养自己可以由他本人来决定，那么我一定不会将自己束缚在任何一种生活模式上，无论它多么科学，我也不能让自己离不开它。生活总是起起伏伏、坎坷不平的，并且有太多更加美好的风光。总是顺从自己，被自己的好恶所负累而无法摆脱，甚至没了扭转的余地，那么这并不是对自己的友好，更不是主宰了自我，而是成了自我的奴仆。我这样说的原因是我现在身受其苦。例如，我的脑子总是在不停地思考，除非它强迫自己休息；我的脑子只要被某个问题所吸引，就会完全置身其中。不管给它多渺小的问题，它都会竭尽全力地将其无限扩大、延伸。因此，在脑海中不断畅游对我来说是一种折磨，甚至会损害我的身体。大部分人的头脑都需要外界刺激使它活跃起来，使之得以锻炼，"通过活动驱除无所事事的恶习"；然而我的头脑却需要靠外部力量使其安静下来，稍事休息，因为我的头脑在完成一项很烦琐的任务，那就是剖析自己。在我看来，看书是一种使头脑暂停思索的活动。一旦有灵光闪现，我的头脑便激动不已，想要在多方面大显身手。它一会儿运用自己的力量，一会儿运用理智和机敏，一会儿又变得保守和内敛。它拥有那么多本钱去调动自己的能量。上天给了它（当然也给了其他人的头脑）丰富的能量用来施展，又给了它充足的问题让它可以不断地评判和创造。

对喜欢剖析自己、不懈地了解自我的人来说，思考是一项强度大、内容广博的研究。我乐于锻炼自己的头脑，而不是无目的地扩充它的内涵。跟自己的心灵交谈是一种最好的活动，任何其他的活动都无法与之相比。古往今来伟人们都将此作为每天必做的事情，在他们来看，西塞罗说的没错，"生活即思考"。同时，命运也赋予思考一个特点，那就是：没有哪种活动能像思考那样进行得如此随意，如此方便，如此不受时间约束。亚里士多德曾经说过："思考是天神的需要，神、凡人都从思考中获得至福。"我以看书的方式来找寻素材、启发灵感，我培养的是分析决断的能力，并不是记忆力。

我在跟别人交谈的时候经常会精神不振而停下来。当然，格调高雅、趣味无穷的交谈和庄严的深层次的讨论（也许前者更甚于后者）都能让我精神抖擞，感到满足。正是由于在其他谈话中，我时常状态低迷，并且只给予表面的投入，所以才会出于尊重说出或回答那种乏味可笑的蠢话，比小孩子的水平还要糟糕。我还时常保持沉默，那更是没有礼貌的行为。我总是浮想联翩，封闭在自我的世界里，加上在好多正常的事情上又表现得很愚蠢和无知，所以别人常常将我的行为当作趣闻来讲，并且桩桩都能令他们感到可笑。

事实上，这种性格使我跟别人打交道（我不得不认真选择与什么人交往），即使在一般的场合也显得十分愚蠢。我们与群众一起生活，与他们交往，假如我们讨厌跟他们交谈，不屑于融入群众——况且他们其实并不比高品位的人低俗（塞涅卡：不能适应大众之蒙昧的哲理是枯燥乏味的哲理）——那么我们就只能对自己的事和他人的事漠不关心，因为公共事务及个人事务都跟他们息息相关。人们的心灵往往在最闲适、最平常的状况下状态最好；我们最喜欢做的事，往往完成得最完美。上帝啊，如果人们足够聪明，按自己的能力来做规划，才是最明智的选择！这是最有益的真理。"量力而为"是苏格拉底的座右铭，这也确实是真理。应当让自己的梦想和计划符合自己的能力，使我们可以轻松地、完全投入地完成任务。

我的命运与无数平凡的人息息相关，我却没有真正用心地跟他们沟通，而总是想高攀我的交往能力所不及的几个人，或坚持寻求那些不实际的东西，这不是一种很傻的行为吗？我向来懒散，这种性格使我不会做出尖酸和暴躁的行为，同时也使我很容易受到他人的嫉妒和敌视。我不敢说我受人尊敬，但我敢说我是最有理由受人妒忌和憎恨的。尽管这样，我在与别人的交谈中缄默不语也让不少人对我产生反感，这可以理

公元前343年，亚里士多德应马其顿国王腓力二世之聘，担任了时年13岁的马其顿王子亚历山大的教师，一时间两人过从甚密，情同父子。亚里士多德在道德、政治以及哲学等方面都给了亚历山大极大的影响。

解，因为他们把我的冷漠往更坏处想是很正常的事。

　　我十分擅长同情投意合的朋友交往，同时能把这份友情维系得很好。我坚持寻找知己，并疯狂地享受这种交往，所以很容易依赖这种友谊，我的朋友对于我的这种性格也印象颇深。我已有过很多次这种幸福的感受。然而在普通朋友面前，我却显得十分拘束和冷淡，因为我的身心无法放松，言行举止自然会不正常。况且我小的时候，上天就已经让我获得了一份纯净的绝无仅有的友情，它先入为主地使我对别样的友情丝毫不感兴趣，甚至感到厌烦和憎恶。同时，古人那句"友谊乃毕生相伴，而非乌合之聚"对我产生了根深蒂固的影响。因此我无法圆滑地、虚伪地同别人交往。我也无法听从他人的劝告，说如今人们的朋友太多，感情也不深，因此与朋友交往时要小心慎重，保持警惕。特别是现在，谈论世事只会使自己身陷险境，因此只能说谎话。我经常能听到这样的劝告。

我很明白，如果谁像我一样，渴望得到实际的利益（我指的是实实在在的利益），就应该像人们躲避传染病一样让性格避开尖刻和古怪。我敬佩多重性格的人，他们能随俗浮沉，能伸能屈；能同邻居们或木匠、花匠们谈他的居住情况和打猎时的趣事，甚至是他跟别人的争吵。我羡慕一些人，他们平易近人，找一些合适的话题跟下人们聊天，连最下等的仆人都觉得他十分亲近。柏拉图曾经说过，对待仆役，不管是男是女，都要以主人的语气与之交谈，表情要严肃，不能给人以亲切的感觉，我不这么认为。因为，丢下我的性格不说，我觉得如此看重上天赐予的某种特殊权利是不人道、不公平的。我认为尽可能缩短主人与仆人之间差距的社会，才算是平等的社会。

很多人都在思考，怎样才能使自己的思想变得更加深刻，更加超脱，我却尽力让自己的思想更加浅显和朴实。抬高和吹嘘自己都是没有好处的。

你大谈阿亚科斯【神话人物，宙斯之子，希腊英雄】天神家族和神圣特洛伊城下的战事，

但一坛希奥【今译为希俄斯岛，希腊爱琴海东部的岛屿，盛产葡萄

酒】酒价值几何，

哪个奴隶为我们烧水备浴，

何时何地，

谁家屋宇为我遮蔽佩里涅的奇寒。

你对此却只字不提。

——贺拉斯

斯巴达人用温和轻柔的笛声来安抚正在作战的士兵过于焦躁的情绪，而其他民族却用震耳欲聋的刺耳的哨声来激发士兵的斗志。我与一般人的看法不同，我觉得人们在思考时也应该采用斯巴达人的办法。绝大多数人更需要的是冷静，而不是放任；是心态平和，而不是狂躁。我认为在无知者面前显示见多识广，装腔作势，是极其愚笨的行为。应该努力使自己跟普通人保持一样的水平，甚至假装无知。将雄辩和精干抛在脑后吧，在普通的交往中保持普通的逻辑性就可以了。人们一般都喜欢浅显平实，你干脆就把水平降到最底层吧。

博学的人经常在这一点上犯错。他们时常夸耀自己的能力，到处显示自己很有学问。现在连无知的人们也听说了他们的名字。他们甚至并不懂得学者们的思想内涵，也要装出一副学者的姿态；对于种种话题，哪怕这个话题十分浅显易懂，他们也会别出心裁地以学者的样子来谈论或著述。

表达恐惧、愤怒、欢乐、忧愁，

乃至内心的秘密，他们都用别于一般的风格，

真的，就连床第间的谈吐也显得高深过人。

——尤维纳利斯

假如身份显贵而又聪明伶俐的夫人小姐们肯听从我的劝告，那么我会说，她们只需要发掘自身的资本就足够了。然而她们却一味地用外来的美掩饰住自然的美，掩盖自己的光芒而借助外力闪光，这太愚蠢了。她们完全被外在的伪装毁灭了。正如塞涅卡所说："她们俨然是从香粉盒里走出来的。"这是因为她们并没有看清自己。事实上，她们不清楚，世界上没有什么比她们更美，是她们给艺术增添了光芒，给美的东西涂上了更靓丽的颜色。她们已经生活在他人的敬慕和喜爱之中了，这还不够吗？而且她们有资格，也十分明白如何让别人敬慕和喜爱自己。她们只需稍稍挖掘和发挥一下自己的潜能就足够了。每当见到她们为修辞学、星相学、逻辑学的教材或类似的对她们来说十分无聊的书籍而绞尽脑汁时，我都会感到忧虑。那些男人之所以支持和鼓励她们学这种东西，就是想控制她们，这是唯一的解释。事实上她们根本不用我们帮忙，只靠自己的吸引力就可以了。她们可以用眼神传达快乐、温情和柔媚，排斥和反对时则可传达一丝严肃和疑虑，而千万不要探究别人奉承自己的话。利用这种本事，她们便可以随心所欲地控制那些学者，并对他们发号施令了。如果她们不甘心在很多方面赶不上男人，对书也有些感兴趣，那么读诗和作诗就是她们最好的选择。因为诗是一种富有活力的、灵巧的艺术，是语言文字和修饰的艺术，它充满情趣，适于表达，这一点跟女人一样。她们还可以从历史中得到启迪，甚至可以从哲学对生活的分析阐释中受益，例如辨别男人的性格和言行，避免男人的伤害和背叛，放弃不切实际的梦想，珍惜自己的自由，快乐地生活，乐观地对待岁月的蹉跎、皱纹的出现……我主张她们学习的东西，仅此而已。

有的人性格内敛，跟大家合不来。而我呢，从本质上说是擅长社交和抛头露面的。我比较外向，不喜遮掩，平易近人，喜欢结交朋友。我喜欢并主张独处，就是想借此整理一下我的思绪和感受，并不是为了制约和束缚我的脚步，而是为了限制自己的奢望和思念，为了抵挡外在的引诱和迷惑，避开种种约束和强迫，与其说是为了避开人群，不如说是为了避开繁杂的事务。说真的，小范围的独处反而能让我开阔视野：我时常在一个人的时候，思考国家大事，关心世界形势。但身处罗浮宫或很多人当中，我却感到不安，思想完全被束缚和禁锢住了：人群使我感到压抑，而严肃拘束的场合会使我时常沉浸于自己的世界里，畅快地思考，无所顾虑。

我并不觉得人们的荒诞行为有多么可笑，相反倒认为其中蕴含了许多哲理。从天性来说，我并不反感学校里的喧哗和吵闹，我也曾在学校里快乐地生活过。我也很喜欢跟大家开心地交谈，只要它是偶然为之，并且顺应我的时间安排。但是，我刚刚谈到的生性懒散使我享受独处，甚至在我那人口众多、时常出入宾客的家中也是如此。我认识不少人，但真正情投意合的知己却很少。我在家里给自己和他人充分的自由。所有社会上常用的烦琐仪式或礼节在家里都不需要做（虚伪的礼节和奉承的话语实在令人讨厌）。人人都可以随心所欲，按自己的方式思考。我就常常一个人坐在书房里浮想联翩，我的宾客也不会因此而生气。

我始终乐于跟智慧而正直的人深入交往。跟他们交往后，便没有再同其他人交往的欲望了。我说的这种智慧而正直的人是很不多见的，他们做人做事多出于本性。跟他们交流只是为了深入相处、侃侃而谈、受到熏陶，并以此来培养心志，别无其他。谈话的时候说什么话题并不重要，重要的是谈话没有压力，不必摆出高姿态而且一味寻求高雅情调。他们的话总是蕴含着深刻而精炼的道理，并且充满善意、真诚、快乐和情感。我们的想法并不只是在谈论法制、战争和继承等重大事务时才闪耀光芒，交流一般话题时也可以表现出来。我甚至能从他们的沉默和表情中判断出他们的看法，并且在吃饭的时候比在会客厅交谈时更容易剖析他们。伊波马居斯【角斗师和剑术师】曾经说过，从一个人走路的姿势，他就能看出这个人是不是个优秀的角斗士。如果随兴谈到了学术，那自然无须回避；不过此时学术本身也放下了平时高高在上、不容置疑和令人厌恶的架子，而变得平和而谦逊了。谈论学术此时只是我们的一项娱乐活动，应当学习或听人说教时，我们自会到庄严的地方去。而现在就只能让学术将就我们一下了。因为，无论学术的作用多大，多么值得学习和研究，我都觉得有时不必请它来帮助我们做事。本性纯净并在与人的交往中得到锻炼的心灵本身就能够让人感到快乐。艺术并非别的，正是对这种心灵表现的总结和记述。

　　我十分乐意跟正直漂亮的女人交往。正如塞涅卡所说："因为我也有一双行家的慧眼。"虽然这种灵魂上的享受远远比不上前一种交往，然而在这种情况下加入了更多的感官也一样能收获快乐，尽管两者不可同日而语。不过，对待这种交往必须要谨慎，特别是那些十分看重身体享受的人（例如我）更应当注意。年轻的时候，我就曾吃过肉体冲动的亏，正如诗人们所言，这种冲动容易降临在那些无所顾忌、不善自律、

思想不成熟的人身上。不错，年少时的事一直在给我以警戒，使此后不再犯错。

> 躲过卡法雷礁石的亚各斯【古希腊城邦】船队，
>
> 每当驶近埃维厄岛【爱琴海中的岛屿】，便忙不迭转舵逃避。

——奥维德

完全投入于情色之事上，放任激情而不知克制和约束，是一种荒诞、放荡的行为。但另一方面，假如没有真情实意，仅是像演戏一样，限于年纪和世俗习惯的要求，勉强做人人都在做的事，只有甜言蜜语，不投入自己的真感情，这样做尽管安稳，但却是懦弱的表现。这就好比一个男人因恐惧危险而抛弃了自己的荣誉、权利或责任。毋庸置疑，遵循这种方法同女人交往的男人，一定无法获得心灵上的感动和满足。若想真实地体验一种东西，必须有一个疯狂渴望的过程：虽然我知道上天总是不公平，偏爱我前面提到的那些玩弄感情的人。

就好像一场喜剧上演时，台下的观众收获着跟台上的演员一样多，甚至更多的快乐。

对我来说，我觉得丘比特和维纳斯，就像孩子和母亲一样不可分离，相互依赖。因此，没做出贡献的人肯定得不到任何有意义的收获。把维纳斯看成是女神的人，认为她的美在内心而不在肉体；这种人追求的既不是人世间的爱，也不是动物世界里的爱。动物的爱并不像人们想象的那样低俗、卑贱。我们看到，幻想和欲望怎样让动物激动不已；我们看到，动物不管雌雄，都会在一群同类中精心选出并倍加呵护它们所心仪的对象，并且互相疼爱，真诚相处；那些年龄大、行动不便的动物，仍能因情爱而激情澎湃、大声嚎叫；我们看到，那些动物在交配前富有激情，交配后仍不时甜蜜地对望，互相关怀、抚慰。

我不需要别人把我看得多么高尚，因此我就来说一下我年轻时犯过的错。我不常跟风尘女子来往，不单单是因为沉溺于烟柳会损害身体，更是出于对这种行径的鄙夷。我乐于让挫折、欲望以及某种成就感为爱情添彩。我敬慕提比略【（前42—前37），古罗马皇帝】的作风，他对待爱情不仅有君子的风度，还表现出恭敬、崇高和其他优秀品德；我也十分欣赏交际花弗萝拉的性格，她从不跟地位高于法官、执政官、检察官的人交往，不会用他们的声望和地位来抬高自己。当然，珠宝、丝绸、名望和铺张的排场也会使情人崭露锋芒。我注重女人的灵魂，当然她的肉体也要让我喜爱。说实话，假如内心的美与肉体的美我必须放弃一个，那么我可能宁愿选择前者，因为它会在另一方面有大用途。

以上描述的交往一般都可遇而不可求，同时决定权都在别人手中。第一种最不常见；第二种随着年龄增长而逐渐稀有：所以它们都不能令我感到满足。跟书籍进行对话，即我要谈的第三种交往，要踏实得多，并且可以完全由我们自己来掌握。这种交往可能并不具备前面两种交往的许多优势，但它十分安稳和便捷。跟书籍的对话是我最常做的事，我也从中得到了不少启迪。它在一定程度上能消除我晚年的寂寞；它能在我烦躁和不知所措的时候让我安静下来；它能缓解痛苦，除非这痛苦过于强烈，我自己无法掌控它。为了抛开令人烦恼的想法，我时常翻开书本，它会立即使我投入进去，帮我脱离那个想法的困扰。书本并不会因为我仅在缺少其他更有意义和乐趣的娱乐活动时才去找它们而生气，而是一直宽厚温柔地对待我。

有这样一句格言：拉着马的缰绳走路，一点儿也不会感到艰辛。那不勒斯和西西里国王雅克是个帅气、强壮的青年。他在出游时，时常让人用担架抬着自己，脑袋底下垫一个质地较差的羽毛枕头，外面穿一件灰色的粗布衣，头上戴着粗布睡帽。在他的后面，一群庞大的王室随从穿着盛装跟随着：各等级的贵族和仆人，各色驮轿和良马——所有这些虽然威严，然而跟前者的质朴相比，却显得相当低俗、浮夸和不沉稳。疾病总会有好的一天，因此无须同情病人。这句格言同样很有道理。我在与书本进行交往的过程中，也很好地利用了这句格言。说实话，比起那些不知书是什么的人，我对书籍的使用并不见得更多。我满足于书籍，就像守财奴享受他的金钱——因为知道任何时候都可以享用而感到满足。无论在太平盛世还是在战争时期，我每次出游都会带上书。但我可能数天，甚至数月都不去读它们。我对自己说："一会儿再读，也许是明天、后天，只要我想读任何时间都可以。"时光荏苒，岁月匆匆而过，而我并没有感到不安。因为我知道书籍就在我身旁，它们可以随时让我享受。每次这样想，我就十分欣慰。说实话，我无法完全表达书籍给我生活带来的益处。总之，它是我生命中最好的精神食粮，我很为那些忽视它的聪明人感到遗憾。但出行时我会很快地享受其他的休闲方式，无论它多么低俗无趣，虽然这种休闲活动我一直都不缺少。

　　大部分在家里的时间我都是在书房里度过的。我就在那里指挥家里的一切事情。我站在书房门口望向四周，可以看见园子、马舍、后院及家中的大部分地方。我在书房里，时而看看这本书，时而读读那本书，没有规律性和计划性，完全是随性而来。我有时安静地思考，有时一边走来走去，一边将我思考的产物记录下来或说给别人听，我在这本书里所写的文章即是这样得来的。

　　我的书房在三楼。一楼是个小教堂，二楼是一间睡房及它的套间，我一般在那里睡觉，以寻求一种安宁。睡房的上面原是放置衣服的地方，过去经常闲置不用。自从改成了我的书房后，我几乎将一生中大好的时光全都用在了那里，除了晚上。书房旁边是一间装修得比较精致的工作室，冬天能点炉子，窗户朝阳，光线很好，待在那里非常舒服。如果不是因为怕麻烦（这种想法已让我一事无成），我便可以在每一边接一条长百步、宽十二步跟书房平行的走廊，因为墙本来就有——原本是有其他用途的，高度我也比较满意。隐居处都应该有个散步的地方。我一坐下来开始思考，脑袋就会僵硬呆滞，需要散散步，思想才会灵活。任何不借书籍分析问题的人都是这样。

　　我的书房是圆形的，中间一小块平坦的地方用来放桌椅。我的书籍共有五层，恰好围成了一个弧形。环顾四周，所有书籍都能看到。书房有三面窗子，透过每一面窗子望出去都能欣赏到辽阔而美丽的景色。书房的空间直径为十六步。冬天我很少长时间待在那里，因为，顾名思义【"蒙田"，古代法文释为山丘】，我的书房在小丘上，因此是所有房间中最通风的。但我的确很喜爱它的偏僻和交通不便，这能使我远离人群的喧哗，做起事来很有效率。

这里是完全属于我的天堂。我尽力完全拥有和掌控它，连妻子、儿女和其他亲朋都不能享用。在其他地方，我的权力只是表面上的，并没有多少实权。很多人甚至在家里都没有一个属于他自己的宁静的天堂，我觉得他们真令人同情！富有野心的人必须经常面对公众，好像广场上的雕塑，这是他们自寻烦恼，正如塞涅卡所说："高官厚禄则身不由己。"他们连个宁静而自由的空间也没有。修道院里有一项规定，修士们必须一直待在一起，不论做什么，都必须面对众人。我觉得在他们过的苦修生活中，这是最痛苦的了。我认为，孤苦伶仃远远好过无法独处。

如果有人对我说，文学艺术只能用于休闲娱乐，那他就是不尊重缪斯。这样说的人一定不像我那样了解休闲、娱乐、游戏是多么有意义。我几乎要说出来了，其他一切目的都是无聊的。我过一天是一天，并且，说真心话，我只为自己而活：我生活的目的仅此而已。青年时候的我看书只是为了显耀自己，年纪长一些的时候是为了明理，现在则为了消遣，并不想由此得到什么好处。过去我把书籍看成一种陈设品，不只是用来满足我的需求，更多是为了充门面；这种行为很无聊又耗费时间，所以我早就不那么做了。

如果我们懂得选读书籍，那么看书就会给我们带来很多益处，但也并非毫无代价。看书跟其他事情一样，它带来的并不只有快乐，同时也会带来烦恼，并且有时烦恼还很多。看书时思维在变幻，可身体却不活

动，因此会对身体不利；但我倒没有忘记留意健康。对晚年的我来说，毫无节制地看书对健康是极为不利的，因此应该避免。

　　以上就是我所钟爱的三种交往，至于那些出于礼节需要而进行的交往，我就不写了。

图文资讯

拓展阅读视野，
开阔阅读书籍内容，

拓展视频

激发阅读兴趣。
观看在线视频，

阅读分享

碰撞思维火花。
分享阅读心得，

趣味测评

获取阅读建议。
测评阅读习惯，

扫码进入 线上
阅读空间

ONLINE
READING
SPACE

让知识照耀人生